奔跑的诗哥

张宗勇 著

南方出版社
·海口·

图书在版编目（CIP）数据

奔跑的诗哥 / 张宗勇著 . -- 海口：南方出版社，2024.5
ISBN 978-7-5501-8941-6

Ⅰ.①奔… Ⅱ.①张… Ⅲ.①诗词—中国—当代 Ⅳ.① I227

中国版本图书馆 CIP 数据核字 (2024) 第 059227 号

奔跑的诗哥
BENPAO DE SHIGE

张宗勇　著

责任编辑	王　伟
出版发行	南方出版社
地　　址	海南省海口市和平大道 70 号
邮　　编	570208
电　　话	0898-66160822
传　　真	0898-66160830
经　　销	全国新华书店
印　　刷	北京北印印务有限公司
版　　次	2024 年 5 月第 1 版
印　　次	2024 年 5 月第 1 次印刷
开　　本	880 mm×1 230 mm　1/32
印　　张	8.5
字　　数	166 千字
定　　价	42.00 元

序

  腊梅绽放，岁杪春临，一部友人推荐的诗集，给我跨年的三天假日带来了书香和诗意，也让我认识了一位"奔跑的诗哥"。

  这位"诗哥"名叫张宗勇，是陕煤集团孙家岔龙华矿业公司的一位业余诗歌作者，也是一个敬业有为的部门领导，去年我在榆林举办一次讲座活动时，曾见过一面。之后看到他的这些诗作，二百多首，诗情奔放。读诗之时受到感染，就随手写下了一些文字，后遵友人之嘱整理成这篇读后感，和大家分享。

  先说一说这部诗集给我留下的整体印象，我感到这些诗作激扬着时代精神，充满着生活气息，意像鲜活，感情真挚，语言明快，篇幅精短，具有诗歌的艺术特征和艺术魅力，给人以诗美的熏陶和津润，同时也给人以鼓舞和感动。诚然，这些诗作在艺术上还不够完美和成熟，有待诗人在今后的创作实践中不断进步和提高。但就这一部诗集而言，我感到这位"奔跑的诗哥"，已经冲上了一个可喜的高度。

  这部诗集中的诗作绝大多数是新诗，也有少量的古体诗，我们就先说新诗吧。按照诗作的内容，我大致把诗作分为了五类：这就是时代礼赞、煤矿画卷、家园情思、季节吟咏和人生放歌。

作为一个新时代的"诗哥",诗人用激情诗行歌颂建党百年壮丽征程,歌唱伟大祖国和陕北红色热土,致敬寻常日子中的平凡英雄,记录社会生活中的重大事件等等,让自己的诗歌化作亮丽音符,融入新时代恢弘交响,从而具有鲜明的时代印记。作者的这一类诗作,具有一种恢弘壮阔、大吕黄钟的气象,激情澎湃,适合于朗诵,有着较为强烈地感情冲击力。

煤业属于国家的能源大业,煤矿是经济发展的重镇。陕煤集团又是我省国有企业的排头兵,工作和生活在陕煤集团所属的陕北煤田,我们的"诗哥"是一个地道的"煤矿诗人"。有关"煤"的诗作,也成为他的这部诗集的最大亮点。诗人用诗行《向矿工致敬》,欢呼《采煤人的节日》,表达《矿工们的信念》,同时也真实记述《收割,在延绵的巷道里》,描绘《矿山上的路》,呼吁《给矿山一片清洁美丽》。特别是对于自己工作的龙华矿业公司,诗人倾情写下了《如果你要写龙华》,全方位地展示了龙华矿业的风采,彰显了诗人对自己职业的热爱。这些诗歌有着鲜明的煤业特色,紧贴生活现实,接地气,有真情实感,抒发煤矿人的心声,诗歌构思新颖,语言灵动鲜活,为我们陕西的煤炭题材诗歌园地增添了新的佳作。

每个诗人的心中,都有自己难以忘怀的家园,那里凝聚着诗人的乡愁,浮现着亲人的音容笑貌,铭刻着童年的故事和逝去的岁月，牵动着诗人永远的诗情。这部诗集中就有着许多此类的诗作，其中拨动我心弦的有关于《母亲》的系列诗作，还有回忆纯真童年的《陕北，入秋后的风很清爽》等。这些诗作感情真挚，细节生动，诗行中饱含了亲情和乡情，属于这部诗集中最易引起人们情感共鸣的抒情篇章。

而这位"奔跑的诗哥"，对于大自然的季节变换，也有着一种异乎寻常的敏感，大千世界的春夏秋冬，寒来暑往，草木枯荣，日升月落，似乎都能催生他诗的灵感。他善于观察并描绘季节变换的种种不同景观，随之产生不同的诗意联想，涵盖诗意的情感寄托或哲思感悟，其中《我为春天唱一首歌》《夏日，一场雨里的邂逅》《秋韵寄忆》《我这里又下起了雪》等，写的都很有味道。这些诗作，也让我们看到"诗哥"在大自然中捕捉灵感和诗意的能力。

诗集中其余的诗作，都可以归纳入人生放歌一类了，从诗集的后记中了解到，"诗哥"已经年逾不惑，曾经在海南度过了自己的大学岁月，之后又返回陕北，这样的人生历程中，一定会有许多故事和感悟，用诗的语言把这些历程和感悟记录下来，就是关于自己青春和生命历程的诗歌。这些诗歌尽管各味杂陈，但整体的情绪还属积极上进。《把梦种进时光》《一部书的光芒》《我在这个有故事的岁月等你》等诗作，让我想起汪国真等诗友们曾经的诗作，毕竟，我们也是从这样年龄的岁月中走过，似曾相识燕归来……

一口气说了这么多肯定和鼓励的话，也需要提一点批评和建议了。

首先，这部诗集目前的编排我不大认同，各种不同内容的诗作混杂，新诗和古体诗混杂，阅读起来不顺畅。要是已经不能改变，希望今后再出诗集时要注意，最好把新诗和古体诗分开，或按照不同的内容分类（按照写作的时间分类），总之要有规律，以便于读者的阅读欣赏。

目前诗哥的创作，仍需要进一步提高，作为一名年逾不惑的诗人，这样的创作水准还是显得比较清浅了一些，内容也芜杂了一些。随着年逾"不惑"，诗歌创作应该更具深度，特别是语言上在具备诗歌语言共性的同时，要追求自己的特色。在写作题材方面，要有自己深耕的一方土地。上个世纪80年代，在一次省作协召开关于我和马林帆、王德芳三人的诗歌研讨会上，《延河》老主编王丕祥老师曾给我说过一句陕北的俗语："每个羊都有自己吃草的坡"，送上供借鉴，希望诗哥也能找到自己生活积淀最为丰富，感触最深，体验最为独特的领域，这样才有可能实现新的突破。

目前诗集中的诗作大都写得较短，写得比较集中和凝练，这是个优点，但写到这个阶段，我感到应该把诗写得长一点了，要有更大的容量，有更复杂一点的结构，有更大的情感冲击力，可以写长一些的抒情诗，也可以写小叙事诗，这是一种新的挑战。从写短到写长，将来再写短，螺旋式前进。

关于诗集中的古体诗也说点意见，我非常赞同写新诗的朋友们学一学古体诗，这是一件大好事。陕西著名诗人、我的老朋友刁永泉在一篇文章中提倡"两栖诗人",就是新诗和古体诗都能写,既可全方位继承中华民族优秀诗歌传统,又可以发扬"五四"新文化运动的精神。永泉诗家的新诗、古体诗,甚至书法都是一流,非常难得。我也写过不少辞赋类作品。实话实说,目前诗集中的旧体诗尚有差距,希望认真学习一下旧体诗写作的格律,从对仗、韵律、平仄等基本技法学起,不一定非要写中规中距的"平水韵",但起码要按照"中华新韵",让自己的旧体诗也有个基本的模样。

  树老根多,人老话多,就此打住,以上所说仅供参考。希望"奔跑的诗哥",从这一新的起点出发,在诗歌创作的道路上开始新的奔跑,向新的高度冲击,去征服新的高度。

商子秦

2023 年冬

目　录

我的祖国，还有大西北的黄土地 / 001

在颠簸的路途，跋涉 / 003

采煤人的节日 / 004

春天来了 / 005

大　招 / 006

多年以后 / 007

故　土 / 008

藏头：莎体十四行诗之陕西省第十七届运动会圆满成功 / 009

母亲，稻田里的拾穗者 / 010

把梦种在时光里 / 012

春　光 / 014

对　话 / 016

风里雨里的思念 / 017

传承，宏伟而壮丽的交响乐章 / 018

初冬，暖在心窝的那一缕阳光 / 020

芬　芳 / 021

家乡的味道 / 022

今生缘 / 023

农村，农民 / 024

走过一只蚂蚁 / 026

青年，你好 / 027

故乡，故土 / 028

给矿山一片清洁美丽 / 030

塞北寄情 / 032

真情大爱在人间 / 033

征　程 / 034

矿山上的路 / 035

岁月，拾阶而上 / 037

突然恋上了你 / 038

团　圆 / 039

我祈祷 / 041

我为春天写一首诗 / 042

无　题 / 043

过　年 / 045

同为一个梦想而成长 / 046

我爱你，花儿一样的人儿 / 047

侠　客 / 048

校园里的白玉兰 / 049

幸福，从此流落人间 / 050

一部书的光芒 / 051

人　间 / 052

如果你要写龙华 / 053

石峁遗址 / 055

思念，在三月的桃花烂漫 / 056

也不需要太多 / 057

忆　秋 / 058

雨，下着下着就没了 / 059

春的力量 / 060

陕北很北 / 061

十四行诗之蜕变 / 062

为飞天喝彩 / 063

我去了一个叫做遥远却不远的地方 / 064

矿上的雪花树 / 065

又是一年"六一"时 / 066

矿山里的初春 / 067

举杯吧，朋友 / 068

历史的长河，巨浪欢滚着向前 / 069

且听风说 / 070

母亲（组诗）/ 071

为爱斟酒 / 073

我就是我 / 074

夏日，一场雨里的邂逅 / 075

选　择 / 077

饮酒思 / 078

愿成长的路上，快乐融融，幸福满满 / 079

拯　救 / 080

中　秋 / 081

我喜欢春天里的你 / 082

iii

曙　光 / 083

五月的钟声 / 085

愿和你一起快乐地奔跑 / 086

一盏茶 / 087

真　相 / 089

我在这个有故事的岁月等你 / 090

追梦人 / 091

尘　缘 / 093

窗　外 / 094

回家，过年 / 095

绿　杨 / 096

来年，我们一起去踏青 / 097

亿万年的孤独 / 099

回　首 / 100

矿工之光 / 101

孙家岔的山坡坡上 / 103

呵，我亲爱的姑娘 / 105

努力的人生从来不会缺憾 / 107

秋　恋 / 108

手术室的战争 / 109

试　卷 / 110

八月的风，邮寄思念的明信片 / 111

梦里的我 / 112

母亲，伟大不止于此 / 113

期　盼 / 114

冬日里的矿山 / 115

秋风寄望 / 116

向矿工致敬 / 117

春，又来了 / 118

怀念，每一个有你的曾经 / 119

孙家岔的集市 / 120

开　端 / 121

孟夏的郊外 / 122

努力付出的人生，总会有鲜花怒放的生命 / 123

藏头：十四行诗之建党百年华诞 / 124

从岁月寻找岁月 / 125

行走在山里的人 / 126

交　替 / 127

秋　思 / 128

受伤的树 / 129

桃花漫 / 130

收割，在绵延的巷道里 / 131

耕　牛 / 133

秋韵寄忆 / 135

思　恋 / 136

我们应该出去走走 / 137

醒　来 / 138

远方的远 / 139

每一份努力，都是你的财富 / 140

麦　浪 / 141

渴　望 / 143

情到深处 / 145

秋　心 / 146

十四行诗：我等你，有过之而无不及 / 147

湛蓝的天空下，乌金闪闪 / 148

阳春三月 / 149

大　地 / 151

党魂永在 / 152

老师，您好 / 153

情　思 / 154

十二月 / 155

思念，在有你的每一个角落 / 156

西豆峪 / 157

起　航 / 158

秋千，荡漾在心田 / 159

山顶，白雪里的暖 / 160

我和我的我 / 161

雨霖铃·奋争 / 162

征　服 / 163

灯　光 / 164

生命之色 / 165

距　离 / 167

攀登，征服者的执着 / 168

青玉案·浪子回头 / 169

塞北中秋 / 170

我在南方的骄阳下，春暖花开 / 171

你，在人间 / 172

秋·冬·春·夏 / 173

离开吧，朋友 / 175

杀风者，光明 / 179

我这里又下起了雪 / 180

邮　寄 / 181

致七夕 / 182

徜徉，浪迹江湖的山河无恙 / 183

丰收的稻田，喜于言表 / 184

秋雨寄思 / 185

思念有毒 / 186

寻　觅 / 187

真　理 / 188

向未来出发 / 189

奋斗的青春，别样的风景 / 191

二月二 / 193

矿山大地 / 194

陕北，入秋后的风很清爽 / 195

守望着 / 196

心中的玫瑰 / 197

珍　惜 / 198

午后的一场雨 / 199

冬夜，倾听心的诉说 / 200

回家过年 / 201

母　亲 / 202

让风儿将我的思念带给你 / 203

矿工们乌黑的脸庞 / 204

大西洋海雀 / 205

背　包 / 206

生活的酒 / 207

一场突如其来的雨 / 208

感恩，生命里的每一个遇见 / 209

绽　放 / 211

别离是为了更好的相聚 / 212

余生，在春风里起航 / 213

降　生 / 215

青春无悔　奋进前行 / 216

同一个家国，同一个梦想 / 217

七　月 / 219

雨天的欺骗 / 221

只因有爱 / 222

收　获 / 223

不敢，把余生拆散 / 224

琥珀里的童年 / 225

且说生活 / 226

惜　春 / 227

这个春天有点儿疯 / 228

追　求 / 229

五月的雨 / 230

冬日里的暖阳，春的期盼 / 231

岁月如歌，唱响每一个天明 / 232

夜雨寄思 / 233

遇　见 / 234

陕北的春 / 235

幸福时刻 / 237

以梦为马 / 239

风追逐的岁月 / 240

梦的爱恋 / 241

请给我一缕风 / 242

攀登者 / 243

秋意寄念 / 245

夏日里的阳光，热情如火的你 / 247

后记：感恩，生命里的每一个遇见 / 249

我的祖国，还有大西北的黄土地

我出生在农村，我是农村娃
打小，祖国在我的心底
形似一只硕大无比的雄鸡
幅员辽阔在我幼小的认知
如同装满茫茫麦田的一望无际
还有取之不尽用之不竭的甘露洗礼

南下的火车轰鸣
我搭上奔赴象牙塔的班列
穿越大半个中国的汽笛响起
我的祖国啊，如此的庞大
走出了麦田，还有稻穗
绵绵不断的山脉
从太阳升起来的地方延伸到夕阳西下

四年的大学时光，丰满了我的羽翼
如同雄鹰，我振翅翱翔在祖国的城邑
虽未曾留下天南海北的足迹
我却早已在地图上领略了每一处风景
如同每一座城池插了五星红旗

如今,我留守在祖国的大西北
远古的侏罗纪,承载着工业发展的奇迹
历经七十四个岁月春秋
千疮百孔的刀光剑影,早已恢复平静
我的祖国啊,终于可以扬眉吐气

我出生在农村,我是农村娃
我从中原来到海南,又辗转陕北
在祖国,哪里都是我的家园
于是啊,我又回归到故里
并将一如既往地坚守在大西北的黄土地

在颠簸的路途,跋涉

挂珠随风坠入尘土
惊醒洞穴里的蝼蚁
黑云掩盖了大片天
一张枯叶的兜兜转转
遮挡洞口仅有的光明
恐慌在蝼蚁的世界蔓延

雨滴洒落世间万物
汇聚的溪水四窜
侵入每一个入口
还有蝼蚁的洞穴
和被冲走的那张枯叶
光明随溪流潜入

漂浮的枯叶
是蝼蚁仅存的依附
下一个家园
在颠簸的路途跋涉
纵有电闪雷鸣,风雨加交
也要披荆斩棘,不畏艰险

采煤人的节日

天空
在鞭炮声响起的时候渐明
山谷
空旷的寂静在回声中荡漾
采煤机、掘进机停歇的日子里
矿工们扫去一年的尘土

感恩
这个只属于采煤人的节日
祈福
一个古老传说带来的见证
纯朴的采煤人,年复一年的艰辛
记忆里的黑是乌金闪闪的黑
万家灯火的明是天下太平的明

等明天
我们继续开机轰鸣
一起奔赴新一年的征程

春天来了

西北,黄土高原的冷,使劲儿地刮
一场倒春寒,让刚放进衣柜的厚重再次登场
山坡坡上,光秃秃的枯野遍布
年味淡去的复工,重新聚集在山沟沟里的寒暄
时光不可逆转,春天踏着钟声如期而至
风揭开了一个冬天的遮掩,嫩芽突破了所有束缚
宣誓,生机勃勃的复苏正一分一秒地行进
收获的期待,在这个时刻启动了所有的按键
掘进机、采煤机,轰隆隆地响彻整片山谷
高速运转的皮带,传输着阳光下的乌金闪闪
热火朝天地夜以继日,播散新一年希望的种子
耕耘在春的时刻,无惧严寒的凛冽
在春天来了的地方,苏醒的矿山大地再次扬帆远航

大 招

闲庭信步，秋高气爽过后
枯叶作被的沉甸初冬

成长的边界，是懵懂少年的豪爽
在一条蓄满水的瀑布凝固

泄洪的愤怒，繁花四溅的飞舞
睡梦中打破了午休的沉寂

筑巢的鸟雀，扑腾着年迈的稳重
和一年来的尘土飞扬

阳光透过干涸，枝丫与尘土过招
折射出万道光芒的剑气

挥手间的遮挡
枝丫沉默，尘埃落定
伟大的侠客，就此路过

多年以后

我曾期盼,多年以后
不再有任何的种族歧视
白人、黑人和黄种人
同一个地球,同一个家园
不再因为肤色划分等级
岁月不紧不慢地继续行走
世界的每个角落都是融洽
有风土人情的交汇欢乐
有五彩缤纷的服饰装扮
同一片蓝天,同一个梦想
不再因为言语的差异发生战争
生灵涂炭的战火硝烟随风而散
互帮互助的共同发展是全人类的追求
我们从未分家,也未曾彼此抛弃
只是在不同的地域生活
命运共同体不再是口头上的说说
我想知道,多年以后
如果我们能再回头看看
今天的国破家亡和背井离乡
是多么地心痛和难堪

故 土

岁月流淌

冲洗记忆里的泥沙

纯净的童年

回荡在山谷的清澈

儿时的味道

甜蜜微笑,烂漫无边

循着风儿的方向

飘落在故土的肥沃

成长

在小伙伴儿们的呼唤下

离别,家乡的路口

散去了童趣

散不去故土的清香

阵阵乡愁

相约的期盼

是游子这一年最幸福的寄托

藏头：莎体十四行诗之
陕西省第十七届运动会圆满成功

陕育华胥氏，农耕开创中华民族之文化
西北大地灿烂，丝绸之路引领新时尚
省察三秦之浩瀚，穿越千年的历史云霞
第一时间颂唱，粗犷豪放的梆子腔
十八般武艺，靓丽塞北十五站的圣火"辉煌"①
七百多个比赛小项，试比竞技精神新风貌
届候万人齐聚骆驼城，"郡宝"②欢腾奔相向
运筹帷幄之较量，你争我夺"塞上明珠"③追赶超
动若三道飞虹④闪烁，盛世桃花⑤绽放的精彩省运
会众共赏健壮体魄，畅想未来时代的美好生活⑥
圆梦从此刻，展示老秦人古往今来的叱咤风云
满杯同庆贺，寄语新青年继往开来的气吞山河
成败得失且不说，身临其境的梦幻流光溢彩
功成名就总还提，所向披靡的英雄气概豪迈

---

① 陕西省第十七届运动会火炬名。
② 陕西省第十七届运动会吉祥物。
③ 陕西省第十七届运动会奖牌名。
④ 陕西省第十七届运动会会徽的镇北台形象。
⑤ 榆林市市花。
⑥ 陕西省第十七届运动会主题口号。

母亲,稻田里的拾穗者

秋凉惊落了枝头的枯黄
丰收荡漾在劳作者的脸上
清澈流淌的小溪藏不住蛙噪声一片
夜间,人们都说着幸福的呓语

东方唤醒田边的露珠
母亲拾起没有文化的刀镰
收割留藏在心间的那副鞋样
那是姥姥留给她的唯一家当

农忙后,空旷的田野是个迷人的地方
文艺复兴在此诞生,成长
逃脱捆绑的稻穗
是零散在每个角落的新兴思想

夕阳揣在佝偻的腰间
母亲给稻田留下深浅不一的鞋样
拾着一株,一株,一株的稻穗
那是金黄的饱满

金黄给姥姥留下的鞋样镶边
灌注着新生命的希望
刻在记忆里拉长的身影
母亲,那稻田里的拾穗者

把梦种在时光里

把梦种在时光里
我在时光的尽头等你
这是我唯一能做的事情
就是用此生去找寻
曾经擦肩而过的传递

迎接清晨的每一缕阳光
我怀揣着希望
在高楼林立的大都市
在人来车往的小县城
在煤海明珠的工业园
找寻乌金绽放的光芒

未来,我还将
在依山傍水的鸡鸣犬吠
在山清水秀的鸟语花香
在人迹罕至的天南海北
探寻子孙后代的新希望

送走黄昏的最后一片晚霞
我守护着梦的种子
这是几代人的辛勤付出
哺育着见证过现代文明的种子
它终将在未来的某个时间萌发
如果真的有时空隧道
请一定记得,将绽放的美丽
传递给已经远去的
一代又一代的先驱们

春　光

矿山披绿装
引来无数蜂蝶舞
更有漫山遍野花草香

首季开门红
杏花飘满堂
文化走廊赏春光

调度中心全程控
高端大气智慧强
尽显龙华科技新风尚

"风井"这边独好
宽敞明亮舒适房
且留春风十里尽向往

活动中心员工忙
你来我往同台竞
试比美丽健康互不让

采煤掘进轰隆响

皮带运输道路长

争先恐后共聚新能量

长江后浪推前浪

龙华发展大变样

百年事业光芒耀四方

对　话
——写给四十岁的自己

岁月爬上了树梢
额头，豆大的汗滴下着雨

鸟雀偷窥着猎人
一根羽毛也不愿意脱落

匆忙间的丢失
冻结在记忆里的雪山

阳光绕着日晷
走过了一程又一程

捡不起的时光
像风一样洒向苍茫

印记在沙漠里的脚印
消逝在永不止步的拼搏

风里雨里的思念

连阴的雨呵
浇灌着夜色漆黑一片
不知趣的风
摇曳枯树金黄
房檐流淌的雨滴
寂静中敲打出思念的舞曲

我亲爱的人呵
此刻的热情燃烧

我不惧夜色,不惧秋凉
让滴雨的珍珠
串起梦寐的远方
找寻曾经遗失的过往
我从未放弃,从未沮丧
岁月无法阻挡前进的坚强

年轻的人呵
继续自己的理想
在奔跑的路途彻底释放
循着黑暗走向新的阳光

传承，宏伟而壮丽的交响乐章

我只想，清晨，陕北
黄土高原的山上
洒满一片温暖的阳光
在即将入冬的严寒里
照亮整片矿山的胸膛

岁月日复一日，年复一年
成长，少年时的清纯与无邪
在落日晚霞的余晖里，被拉长
山野里的千沟万壑印刻在
矿工们入升井时的脸庞

老一辈们的坚毅与刚强
在侏罗纪的神府煤田
勾勒出艺术家的时尚
却也把一道道褶皱，深深留在
自己的额头和宽厚的手掌

深邃的巷道传颂着沉默的机械喧嚣
风井的出口，打碎了平静的夜空寒霜
一代代传承的接力，一个个生产的奇迹
一列列飞驰的火车，一盏盏灯火的辉煌
谱奏着宏伟而壮丽的交响乐章

初冬,暖在心窝的那一缕阳光

寒风吹落枝头仅剩的几片枯叶
光秃秃的山坡宣告了冬的到来
冷是这个季节不变的话题
却在黑夜的巷道中选择沉默

踏着清晨的路灯行走的人们
矿井上下早已热火朝天的嘈杂
努力的世界从来没有蜷缩
争分夺秒的勤劳多了几分欢乐

阳光,如期而至地翻过拂晓
闪耀在每一个有龙华人的角落
那一缕冬日里的光芒
温暖了每一位进取者的心窝

芬 芳

南昌的第一声枪响
九十五个春秋过往
回声荡漾
在祖国的大好河山

鲜血浸染，流淌
滋养土地的肥沃
一代又一代的国士无双
保家卫国，守护安康

葱郁的层林遍布
花香，芬芳
洒向大江南北的和平与希望
沁入心脾的空前盛世与光芒

奔赴又一个辉煌
伟大的民族，伟大的力量
传承的精神不灭
烈火燃烧得愈加芬芳与兴旺

家乡的味道

刚入四月的春
是明前茶的苏醒
八十度的水温
汤色嫩绿的清香与纯真

这一杯去年的陈茶
是父亲从信阳老家带来
掺和着童年采茶时的笑语欢声
和手指上浓厚黑亮的茶油

父亲那个时候还很年轻
我对工作没有任何听闻
三十多年的风云变幻
身边总少不了一杯苦涩与甘甜

如今,两鬓斑白的老父亲
常常念叨着老茶园
如同三道茶的平淡
纵使时光早已冲洗掉茶垢
却再也带不走记忆里的香醇

今生缘

几世修，千年度
扶风而至的期盼

迎霜泪，满心欢
今生与你续前缘

莫道曾经路漫漫
且遗忘，开新篇

默相守，昼夜短
时刻难忘你的容颜

阳光沐浴下的温暖
岁月嘀嗒后的缠绵

我愿是那窗前静谧的盆花儿
留恋这一世的人间
也要等你又一个千年

农村,农民

雨一直下个不停
在七月酷暑的时候
一场期待已久的凉风
给炎热的夏天一个惊喜

黎明的阳光铺洒着大地
泥泞的石子路崎岖不平
沿湖的小溪流水潺潺
奏起清脆而又欢快的曲子

假期的孩童起床,格外的早
山脚的池塘边时不时传来
一阵阵欢呼雀跃
难得的清爽,怎能错过

扛起锄头的农民伯伯
为即将到来的秋收
做最后的一番努力
生怕一粒果实被风或雨掠走

停歇几天的集市繁忙
吆喝叫喊声夹杂着
来往牲口们的交响曲
平静的小山村竟也如此热闹

晌午的闷热铺天而降
尤其在这阴雨过后的天明
嘈杂的街头空无一人
散落的粪土一片

劳累的人们依坐在窑洞的炕头
吧嗒吧嗒地响起了水烟袋
偶有的山风荡漾
拂过山谷，空彻地响亮

余晖从山头划过最后一丝光芒
夜幕降临在宁静的山坡

走过一只蚂蚁

一夜骤降的气温
在清晨萧瑟地侵占
零摄氏度的体感
满大街穿梭的凌乱
秋装无法抵御的寒
惊落枝头仅剩的枯黄几片

我逆着风努力地前行
被抖落的残枝敲打
低头避风的瞬间
走过一只蚂蚁
它向我关切地张望
我却被风带走了，蹒跚

时间再回到从前
我也曾像那只蚂蚁一样
关切地张望着人世间

青年，你好

青年，你好
请珍惜这和平的盛世
百年的历史，刻骨铭心
千古的传承，华夏精英
就这样一批又一批

青年，你好
请抓住这发展的机遇
进步的使者，昂首阔步
满腔的热情，奋发图强
就这样一代又一代

青年，你好
请歌颂这美好的新生活
幸福的花朵，欢声笑语
团结的人们，和善友爱
就这样绵延永恒

故乡，故土

清晨的风
掠过窗台上的尘土
携着夏日燥热的蝉鸣，入秋
我站在窗户前，瞭望远方
一股清凉随风入梦

我的乡亲们呀，我期待着团圆
那是日复一日的思念
那是外出游子最深的企盼
那是满载着他乡的游轮
奔赴又一个日出

我的故土啊，我盼望着秋收
那是年复一年的播种
那是岁月撒下轮回的祈福
那是装载着故乡的船只
驶向又一个春秋

我海峡两岸的同胞哦,我守候着归途
那是亿万人民的心愿
那是华夏儿女们的抱负
那是游离慈母的孩子
回归又一次祭祖

凉爽,沐浴着每一个街头
还有行走的路人和房屋
我的故乡,我的故土
我的兄弟姊妹,我的华夏民族

给矿山一片清洁美丽
——写在第 51 个世界环境日

余晖落寞，斜射
亿万年的沧海桑田
万物生长的葱郁
忽闪在眼前
侏罗纪的遥远与神秘
在神府煤田上演
黑金的工业流淌着
沉痛与污浊
还有漫天的刺鼻与浓烟

朝阳初升，漫步
花园里的矿上大地
生育一片绿的海洋
儿时的记忆重现
时光流转
采煤的热火朝天
融汇在地面的恬静自然
是智慧的人们
给予子孙最厚重的财富

今天

我们不再贪婪

矿山的清洁美丽

是煤炭人毕生的追求与企盼

塞北寄情

塞外风光无限好,
煤矿油田真不少。
天南海北齐聚此,
繁荣盛景多妖娆。
家富国强民欢笑,
干事创业热情高。
保电供暖同发展,
神州大地乐逍遥。

真情大爱在人间
——为郑州突发强降雨祈福

海天一色顷刻间,
最强暴雨造凶险。
万众团结互帮助,
上下齐心共克难。
纵使飞龙兴云欢,
也将协力赴前线。
更有亿万坚强盾,
四面八方送温暖。

征 程

夜光划过寒冬的星辰
预示着又一个春夏秋冬的逝去
迎接黎明的呐喊声
响彻天南海北的万家团圆

三年漫漫的艰辛历程
阻拦无数日思夜想的游子
孩提时车水马龙的日常
从记忆恢复到了现实

如此刻骨铭心的人生历练
怎能不珍惜每一个当下的来之不易
前程路漫漫，皆从脚下迈
岁月滚滚来，重拾旧征程

矿山上的路

房塔收费站一路向北
在兰炭产业特色园区的方向
遁入绵延不断的山坡
沉睡着亿万年的寂静

不知道
恐龙是否也曾寄居于此
会飞的是否还有其他物种
海水是否淹没了大陆

高耸的参木直上云霄
鸟语花香映入眼帘
那一帧帧的荧幕,播放着
你我都未曾有过的眷恋

我沿着矿山,越走越远
我走进了侏罗纪
步入了大森林
淹没在来时的路

矿山上的路，凝固再凝固
热浪的聚焦
燃烧积攒亿万年的光芒
照亮了来时，也是归途

岁月，拾阶而上

现实的世界很虚幻
梦境让人流连忘返
是岁月偷走了青春
还是成长锻造了从心剑①

回忆是拿现在的光阴
换回昨天的故事
沉湎于路途的美轮美奂
失去"一览众山小"的广阔无边

拾起翌日的晨光
丢弃沉重的脚镣
遗忘似水流年的纠缠
再征途，一片大好河山

---

① 从心剑是人生六剑之一，是象征福寿之剑。

突然恋上了你

突然恋上了你
就在那一瞬间
我绘制了一幅宏伟的蓝图
纵使是铁铸的心
我也要用满腔热情将它暖化

突然恋上了你
我捕获了一丝坚定的信念
漫长的等待是快乐的煎熬
纵使是深沟泥壑
我也要带着天使的种子埋下

突然恋上了你
丘比特的箭射向了你
我那焦渴如火的唇
带上幸福的希望生根发芽
纵使是万千艰险
我也要向世人诉说我的欢乐

团　圆

清扫一年的顽固积尘
不放走每一个顽固死角
日常忽略的战场被唤醒
大团圆的家园要一尘不染

老人们佝偻着腰
满是笑颜地昂首企盼
这是 365 个日日夜夜的守望
不论是过去，还是将来

孩童迎来假期的自我翱翔
村口多了一群嬉闹的雀跃
留守的张望
总要在辞旧迎新做个了结

游子们个个神清气爽
积蓄后的沉重压在肩头
弯弯的嘴角洋溢在每一节车厢
既是孝敬，也是奖赏

当鞭炮声响起的时候
回家的种子再一次萌芽
那是分别后的日夜思念
伟大母亲幸福的团圆饭

我祈祷

我祈祷光明
用达摩克里斯之剑
斩杀疫病的恶魔
让城市的繁华重现

我祈祷盖亚
用母性的伟大
繁衍新的世界万物
不再有邪恶和厮杀

我祈祷普罗米修斯
告知我这喧嚣的人世间
究竟该去往何处
而我又能做些什么

我祈祷奥林匹斯的众神们
给凡尘一片安详
所有的种族和文化的冲突
在求同存异中和睦相处

我祈祷
这一切不再是梦想

我为春天写一首诗

春分已过
一场风寒忽至
带来了春雨,夹杂着雪花
南方早已郁郁葱葱,山花烂漫
塞北依旧,枯枝孤单
三月的雨夹雪
不知又冻伤了多少少女的心
屋檐下的嘀嗒
时刻不停地呼喊
顽强的生命
在襁褓里学会了自我疗伤
待到风去云舒天蓝蓝
我要以迎春花的名义
为春天写一首诗
愿与时光
相约一次踏青的狂欢

无 题

（一）风

魔鬼般的手段

小人般的卑鄙

就连无奈的流浪也不放过

从皮肤吹到骨子里

冻死的是一个躯体

冻不死的是一颗灵魂

（二）洪水

直到某一天

积压已久的仇恨爆发

把挡道的大堤推倒

让泪水充满每一个角落

（三）报复

不愿再低头
忍受伤人的侮辱
把泪水掩埋在身后
让愤怒宣泄内心的苦楚

（四）落叶

是妥协的屈服
是历史的使命
安然地躺在了大地的怀抱
一个生命消逝了
一个高贵的灵魂
得到了永生

过 年

欣喜的张望,远方的思念
铺满冻结的湖面
借老鸦衔来的枯枝,还有
藤蔓,和路边的野草
搭建一艘大船
最好是快艇,一刻不停
等待跨年钟声敲响前
破冰,从脚下延伸
热闹的集市早已呼唤
远方的远,在心灵最深处
拉满的弓,射向村口
守望一年又一年的宝岛
还有期盼已久的重逢
这团圆,汇聚一代又一代的
热血青年,共同欢庆
一起过年

同为一个梦想而成长

无尽的沙尘
淹没了大半个中国
万物复苏的大自然
顶着变化多端的反常
成长是一种经历

江南的郁郁葱葱
格外引人注目
蔚蓝的天空
展翅翱翔的海阔天空
成长是一种幸福

两岸的往来
血浓于水的亲情
辽阔的海峡
舟来船往的互通有无

成长,是带着酸甜苦辣
在祖国统一道路上的坚定
成长,是一代代的传承
同为一个梦想,毅然前行

我爱你，花儿一样的人儿

伊晶莹剔透的眼角
流淌着清晨的露珠
闪烁的泪花
明亮里迷人
满满幸福的储藏
坠落在冰冷的黑暗
溅起忧伤，一片

曾经，我爱的花儿
如今，我爱的人儿
饱饮着露珠
花儿一样的人儿
初月下，到天亮

侠　客

炎热，跨过窟野河的两岸
扩散在晌午时分
燃烧山谷里的宁静
还有一亿八千万年前的侏罗纪
装满沉降起伏的浩瀚
是岁月经年的镌刻
唤醒沉睡的煤海沸腾

潜行，居住在山里的侠客
刀光剑影的披荆斩棘
打通了巷道里灯火通明
连接古老而又悠长的时空隧道
在皮带上飞速运转的年轮
输送着现代工业的食粮
还有义无反顾的坚定

校园里的白玉兰

那一簇繁花似锦
小草吐新芽
柳树抽枝绿

玉兰枝头绽放花苞时
高雅的芬芳
雅致而又宁静

这三月的天
洁白无瑕
清香满园

幸福，从此流落人间

昨夜的雨
浇灌着忙碌的心田
凛冽的北风
刺骨地寒
无法阻挡奔波的步履

昨夜的梦
驰骋在浩瀚的草原
茫茫的原野
温馨地暖
沉醉，流连忘返

梦醒时分的黎明
努力拼搏的勤奋
不断攀登的身影浮现
寻觅，幸福
从此流落人间

一部书的光芒

夜深人静的时候,我努力端详着一部书
它记载着刀光剑影的岁月,在月光下
愈发地光芒四射,带着我徜徉
仿佛我的世界里,又多了几千年的故事

不去计较谁是主角,因为有我
这些故事自然就多了一些听众
包括我的父母、妻子,还有我的女儿

我成了演说家,在打开这部书的时候
我的学生们在认真地聆听,认真地记录
粉笔夹杂着笔墨的摩擦声,金戈铁马
打碎了教室原本的宁静,还有沉默

狂风暴雨般一闪而过,留下
伤痕累累眼角的泪花,只有我们
一代又一代的传承,刻骨铭心

不再去讲述各种欺凌与被欺凌
胜利只是失败者堆砌的冠冕堂皇
光芒,终将照亮世间的角角落落
如果可以选择,还有什么比这更时尚

人　间

我打人间走过
向往遥远的太空
苍穹浩瀚
群星璀璨
月儿弯弯在银河荡漾
一闪而过的流星
带着童年纯真的许愿
飞往
另一个不知名的人间

神舟穿越，承载着
华夏儿女的太空梦想

是否还有着
和我们一样的人间
像我们一样生活在太空
他们也和我们一样
一直在探索着
和他们一样的人间

如果你要写龙华

如果你要写龙华,就不能只写龙华
你要写皮带轰轰隆隆传送进万家
采煤轰轰作响,井巷通达四方
机头镶嵌的金刚钻呀钻呀钻宝藏
回音沿着巷道蔓延
歌声嘹亮穿梭矿山
手握掘进会采向哪
带着设计步入深潭
写扬起的灰尘,写采割的煤粉
写迎着黑暗慢慢迈出艰难的每一步

如果你要写龙华,就不能只写龙华
你要用大脑双手开拓每一步
用心竭力

如果你要写龙华,就不能只写龙华
你要写筒仓热热闹闹飞旋夜幕下
满山的山丹丹,都朝着你欣欢
你张开臂膀迎着明月携它进家园
智能指挥高清大屏

八珍玉食员工餐厅

窗明几净办公环境

龙争虎斗活动中心

写雄姿的少年,写干练印额头

写块煤落入车厢回声荡漾的尘土

写飞舞的书画,写动听的歌喉

写列车飞驰坚硬轨道远去的房屋

写金秋的助学,写比武的争优

写迎着朝阳自信迈出成功每一步

如果你要写龙华,就不能只写龙华

你要用大脑双手开拓每一步

用心竭力,别只写龙华

石峁遗址

轻步远古的街巷,寻思
守望一种孤单
寄存一份梦想
散落在凄凉荒芜的找寻
觅不出一丝生命的迹象
囚禁,不敢言语的方向
就这样
就这样
把放飞的羽翼折伤
期待沉默后的爆发
哪怕
一点涟漪
一滴露珠
惊醒沉睡的琥珀
价值让死亡重生
五彩的斑斓眩晕了人们
纵使没有灵魂的空壳
千年的沧桑,注定
存放在受人敬仰的殿堂

思念,在三月的桃花烂漫

岁月不及防,一个踉跄
跌进了春的怀抱
田间地头的郁郁葱葱
画满了家乡的农忙

塞北冻土刚刚复苏
春风的气息早已漫布
山川、河流,还有
日夜思念的土坯房

蜂飞蝶舞的喜悦,在
桃花林的美丽中忘却
那是故乡的芬芳,还有
一起种下的桃树,在成长

思念,也会开花儿
如同这三月的粉红,一样烂漫
沐浴在春的怀抱
孕育出又一轮岁月的年华

也不需要太多

夜幕拉近了天与地的分隔
没有烛光衬托
星星愈加明亮

你说现在总还得努力拼搏
其实，也不需要太多

想想你的富裕
父辈欢声笑语的侃侃而谈
爱人与子女的嬉笑逐乐
兄弟姊妹的遥相寄思
还有亲朋好友的觥筹交错
这一切
在今晚的星光下闪烁

天伦莫过如此
何必伤了自己
惊动了我佛

忆 秋

一场丰收的喜悦
从遥远的家乡邮寄
那是童年时的稻田梗
欢笑声回荡在幽静的山谷

没有机械的轰隆隆
遍布田间的纯朴与憨厚
在天高气爽的秋风里
飘扬，一口甘甜的山泉

就着一年一度的中秋夜
月圆下的圆月饼
幸福，流淌在月光下的脸庞
明亮得迷人

雨，下着下着就没了

我喜欢撑着伞走在雨地里
我喜欢听雨点敲打伞布的声音
这雨呀，可不能太大
最好似烟似雾，飘飘渺渺

有人说雨天是多愁的
也有人说雨天是浪漫的
这雨呀，总能牵动无数人们的心
既能润泽大地，也能满目疮痍

我也是这无数人中的一个
浪漫中又有点儿多愁
这雨呀，着实让我琢磨不透
下着下着也就没了

春的力量

碎石在冬的冻结中，散落
是荒山上的一片遗弃
伴随着春雷的轰鸣
矗立在
一动不动的原野
还有曾经许下的承诺

我把着罗盘，寻找风的方向
那是血气方刚的执着
带着意气风发的捕风者
放飞在漫山遍野的黄土高原

没有人记得
坠入星空的一盏灯火
年复一年指引着前行
多少日夜兼程，多少风雨飘摇

只有散落的碎石
汇聚春的力量
迸发出一望无际的生机勃勃

陕北很北

黄土高原的美
在陕北很北
呐喊的豪迈
穿越时空的深邃

羊群淹没在草原的边际
伸手可触的蔚蓝
一首酸曲的爱恋
躲在白云朵朵的沉醉

朴实陕北人，在说书中
浇灌心灵的荞麦穗
哺育着一代又一代
红色传承的欣慰

一排排整齐的大窑洞
是凄美与真实的交汇
陕北很北
真的很美

十四行诗之蜕变

理想跌落井底深渊
荡起一片涟漪
溅在生活的铜墙铁壁
密不透风的严实

洁净的灵魂
深邃而又明亮
汲取岁月精华的滋养
打造不屈的坚强与勇毅

蓝天与白云的圣洁
翱翔的雄鹰展翅
抖落了尘土飞扬
扑向又一片海阔天空

现实从来不缺失意者
英雄终有功成名就时

为飞天喝彩

航空航天,卡门线前。
争长黄池,你追我赶。
浩瀚无边,纷繁尽显。
小步快跑,神舟飞船。
临近空间,遐想漫漫。
无数英雄,天空浸染。
攻坚克难,医病治残。
耀我国威,普天同欢。

我去了一个叫做遥远却不远的地方

雨,下起了黑夜里的一片白
明晃在路灯下闪闪发光
照亮了路人行走的漆黑

时间在柳梢枝头成长
挂钟敲响了沉睡的梦
这酷暑的天,清凉到心间

雨夜里的思念
在流水里汇聚,萌芽
延伸到了一个叫做遥远的地方

我在雨里等候
用灯光为你指明方向
我却在寻找的路途迷失

下了一整夜的雨
和一地的思念流淌
我去了一个叫做遥远却不远的地方

矿上的雪花树

浓雾席卷了整片矿山
每一个角落都披上了帷幕
枯树老枝支起了桅杆
阳光被淹没在原野的寒风

往来穿梭的人们如同精灵
闪耀的蓝色矿工服
照亮矿山里的一片天
绽放在雾霭中,生机勃勃

晌午时分的强劲
光芒在一日清晨的厮杀
揭开了天空的湛蓝
还有矿山大地的苍茫

没有雪的雪花树
装饰了矿山一年来的通宵达旦
在岁暮天寒的开荒拓野
开辟又一个春秋的大好河山

又是一年"六一"时

清澈的湖波荡漾
微风
摇晃着蔚蓝的天空
白云朵朵,棉花糖一样甜美
在湖面荡起童年记忆里的秋千

悦耳的欢声笑语,天籁回旋
从湖的那一边飘来
击中一朵浪花里的纯真
散落漫天的五彩缤纷

阳光下的儿童乐园
如此洁净
不敢惊扰
我打湖边走过
轻悄地留下一朵怒放的心花

矿山里的初春

风,仍旧呼啸个不停
叫嚣猖狂到了声嘶力竭
转向标揭开冰封的湖面
沉睡的鱼儿蠢蠢欲动
柳梢枝头,随风摇摆的温暖
涨红晚霞,落日余晖一片
折射出光芒万丈
洒满矿山遍野的每一个角落
还有矿工们欢声笑语的脸庞

黄土高原的严寒渐去
冻裂的山坡坡开始无声地呼唤
偶然的瞬间
顶破土层的震撼
终将在接下来的每一天
响彻矿山最深处的沉默
开启矿工们新的一年,奋勇向前
那力量,在一个冬天里的积蓄
孕育生机勃勃的盛世繁华

举杯吧,朋友

一曲相思两地酒,
人去楼空难聚首。
最是迷恋深秋在,
对月共饮空悠悠。
去年此时同欢庆,
今宵把盏难停留。
若要问君几时休,
只把长夜换白昼。

历史的长河,巨浪欢滚着向前
——致高考

我把岁月邀请
共同观摩,这一年一度
百万考生奔赴前线的壮观

炎炎烈日
是父母的焦虑与期盼
还有老师们辛勤的雨露呵护

时光,不曾留恋
人世间的悲苦与蜜甜
又一批未来战士,成长在一瞬间

是否还有
你我曾经的奋斗少年
雁过,画卷上的斑斑点点

记忆里的童颜
青春不再,未来已来
历史的长河,巨浪欢滚着向前

且听风说

七月,高考的风早已刮过
却在这个时刻
掀起热浪,翻滚

招生,遍布每个城市的角落
报考,多少家庭的焦灼
还有离乡出走的兴奋与不舍

南方大雨磅礴
北方偶有阵雨蹉跎
在同一片艳阳下,蒸发

安静的午后,躁动的诱惑
且听风说,当初的承诺
是在热火过后的沉默

下个季节的分别,注定
随风而去的过往
还有随之而来的交错

风,仍旧在诉说
路口分别的人们,仍旧要拼搏

母亲（组诗）

（一）纳鞋底

雨滴敲打着欢乐的歌谣
一把马扎撑起下午的光阴
母亲与邻居对坐
千层底被微笑穿透
针线在锥子的牵引下
扎牢了岁月堆砌的积蓄

（二）插秧苗

灌满水的沟壑纵横
成捆的秧苗被抛散在田间
卷起裤腿的母亲
弯腰弓背地踽踽前行
水波不惊的黄昏
呵护着童年的茁壮成长

（三）拾柴火

阳光下的午后静谧

枯枝平躺在林间野地
一群欢笑的妇女
打破了老鸦的休憩
脊背镌刻着沧桑的痕迹
捆绑了一生的无怨无悔

（四）采茶叶

清明前后的嫩绿
是游子心归故里的期盼
漫山的毛尖诱人
母亲娴熟的忙碌
茶油沾满老茧
清香溢出又一年的挂念

（五）缝棉被

入冬后的寒风凛冽
没有暖气的江南北国
母亲铺展开弹好的棉花
走线的针脚勾勒出一幅巨画
抵挡稚嫩儿时的风霜
温暖了一生的幸福时光

为爱斟酒

拾起陈年的老酒

揭开扑鼻的浓香

入冬来的温暖

沁入心房

思念的故事

在诉说中继续流淌

岁月为爱情又斟满一杯

天长地久的聊说

在黑夜中碰撞出星星光芒

满地飘零的过往

为明日的明日颂唱

觥筹的美妙凝结成片片雪花

散落在老情人的肩头

融化成

甜蜜的慌张

我就是我

任风吹，任雨打
我始终坚持不倒下
我就是我
巍峨挺拔的高山峻险
任人攀爬，任人挑战

任石击，任岸挡
我始终流淌在阔达的河道上
我就是我
绵延不断的川流不息
任人驰骋，任人纵横

任牛啃，任马踏
我始终顽强地茁壮成长
我就是我
勃勃生机的辽阔草原
任人品尝牛肉鲜，任人跨上骏马逛

……
我就是我
世间万物的化身

夏日,一场雨里的邂逅

夏日,我需要一场雨
来洗刷炙热的空气
凝聚成热血沸腾的冲动
不再留守往日的家园,还有农田
让机械统领一切
包括除草、施肥,还有收割

我的理想装满了大好河山
虽然憧憬过多年,终究
还得迈出坚实的一步
就从不愿出走的心灵开始

跟上书本记载的历史
或许是野史,或许是故事
在这个燥热的夏季,一场雨
就能打开所有的心结

我在雨刮起的风里等待
一个和我一样出走的故人
好熟悉而又陌生的世界

是铅字印刷的书香，弥漫
消逝在烟雨朦胧的遥远

此刻，我隔着屏幕
诵读夏日一场雨里的邂逅
是千年美丽的传说
抑或时空转换的美好未知
而你，是否也在期待
这场雨里的邂逅

选 择

留恋黄昏时的那一抹斜阳
在这初冬乍寒的季节
风不识趣地
吹走了余晖仅剩的温存

夜
拉开了漫长而又孤寂的序幕
沉睡的人们不愿醒来
醒着的人们却无法入梦

灵魂偶尔与现实较劲
交织在无尽的自我陶醉
从此
不再清醒

饮酒思

几许好友,庭中小院。
觥筹交错,相谈甚欢。
赏景话物,推杯换盏。
雄韬伟略,自视不凡。
挥笔洒墨,虞褚欧颜。
目迷五色,泣歧悲染。
醉生梦死,无恙安然?
且留珍惜,善莫大焉!

愿成长的路上,快乐融融,幸福满满
——写给女儿的儿童节祝福

流水潺潺
冲洗过往的底片
童年的记忆
刻录纯真时光
告别春风的六月
迎来万物的茁壮
岁月静好
愿每一天都是如此地快乐成长

烈日炎炎
浇筑如今的象牙塔
童年的笑容
刺绣大好河山
送走雨露的呵护
品尝麦穗的饱满
流年已逝
愿每一天都是幸福多一点

拯 救

去吧，做自己想做的事情
不被别人左右
给自己放个假
哪怕只有一天

找个周边的山野小村
约上几个朋友
从清晨的半程马拉松开始
一场酣畅淋漓的痛快
点燃了放纵的情怀

池塘边的垂钓
泳池里的荡漾
小溪旁的烧烤
觥筹交错间的欢笑
原来，生活还能如此美好
只是，你我早已迷醉
霓虹灯下的钢筋混凝土

戴着伪善的面具
苟且着，步履维艰地存活

中　秋

这个中秋是父亲的六十六岁寿辰
一年来的艰难只有他自己知道
一场意外
又是那么理所当然
日子一天天的过去
手术室外十几个小时的煎熬
记忆是成长的助推器
我和哥哥在那一夜长大
往后的岁月
多了几分责任，少了选择的犹豫

这个中秋是父亲手术后的第一个生日
父亲选择回老家
那里有他熟悉的乡俚
有他多少年走过的乡路和田壑
有他同甘共苦多年的老伙计们
我想，此刻他是快乐的、幸福的
我却不能回家和他一起庆贺
生活的五彩斑斓让人流连忘返
未来的路上
多了些许滋味，少了时间的纠结

我喜欢春天里的你

我喜欢覆雪三层后穗汁饱满的麦苗
坚挺的果实
不畏严寒，茁壮成长
绘制出一幅抵御艰难的过往

我喜欢顶破泥土而顽强拼搏的小草
柔嫩的绿芽
沐浴春风，翩翩起舞
颂唱着充满希望的明天

我喜欢春天里的你
勃勃的生机
花枝招展，却又含苞待放
奏响起五彩斑斓的生命乐章

曙 光

窗外，山野里，呼啸着北风
立春后，泥土散发出浓郁
没有人去怀疑，就像黑暗终将逝去

迎接光明，有的人还在梦乡
还有的人，彻夜未眠地兴奋着，张望着
热闹与星空时刻不停地各自运转

远古的箜篌，弹奏起现代文明的繁华
灯火辉煌的老城，演绎欢天喜地的隆重
仪式感，在这个时代，从未缺席

烽火，从对面走来的灵魂
燃烧在空旷的遥远，只有枯草
留存在记忆里的种子，埋下

在喧嚣的集市游弋，几经彷徨
终归，觥筹交错，换来又一夜的无眠
天将大亮，终有沉睡，历经千年的沧桑

冻结一个寒冬的尘土,飞扬
那味道,像极了童年的田埂
萌发,顶破覆土,露出灿烂的笑容

还有什么？如此的让人醍醐灌顶
散去的云烟,迷醉的过往
就用,刚化去冰水的泥浆冲洗脸庞

闻一闻,仿若隔世的陌生与重逢的喜悦
矗立在城墙,眺望
迎接新生命的曙光

五月的钟声

五月的时钟
敲响了劳动者的欢乐
走过青春的岁月
坚韧不拔地攀岩而上

钟声回荡在山坡坡
点亮一片片绿的海洋
那里有播种者的操劳
也有拓荒者的执着

播撒的种子,在田野里
绽放出五颜六色的朵朵
从嘀嗒嘀嗒的呼唤声中
孕育出饱满的沉甸

荒山更换了衣裳
在废弃中找寻新的希望
倘若坚强,终归是劳动人民
响彻漫山遍野的新时尚

愿和你一起快乐地奔跑

热身，迈步
在宽阔的马路
流淌着的每一滴汗水
见证每一个脚步声里的风景

清晨，迎着风儿去奔跑
邀你一起看旭日东升
黄昏，追着夕阳去奔跑
带你一起赏晚霞西落
黑夜，踏着路灯去奔跑
约你一起数漫天繁星

愿与你一起奔跑
徜徉在多巴胺和内啡肽的海洋
开心时奔跑，不开心时也奔跑
愿今后的每一天，你都在快乐幸福地奔跑

一盏茶

茶饼的圆润厚重
是浓缩的人生百态
一瞬间的精致
历经千年的古树绽放

浮沉之间的干涸与丰腴
苦涩饱含着甜美记忆
在一盏茶的世界
上演古典与现代的博弈

我从温暖的茶水
品尝世间的五味翻转
光辉倒映的五彩斑斓
演绎现实生活的滴滴点点

时光从未走远
我隔着玻璃杯的思绪
仿佛又回到了从前
回到了积攒多年的故事

故事里有你，有我
有历朝历代的帝王传说
还有岁月沉沦的老茶园

这里是宁静的，也是嘈杂的
唯有虔诚，才能沏出
时刻散发着亘古长青的源远流长

真 相

清晨，推开门的瞬间
路灯下的明亮，格外迷人
昨夜的雪，趁
风声紧迫，严寒未去
铺满一地的洁白
妄图洗刷过往的尘埃

午后的阳光温暖
山野里黑白相间的清晰
在初春的大地上
散发出生命的气息
死寂的寒冬终归逝去
沉睡被无声的花草唤醒

我在这个有故事的岁月等你

仲春的风吹绿了江南岸
烟花烟雨烟弥漫
蜂飞蝶舞
最是芬芳斗艳惹人眼
我在这个有故事的岁月等你

北方乍暖还寒的天
摇曳纸鸢，争相比高地你追我赶
琳琅种种的满天飞鸟
遥望肥西①，桃花展展
我在这个有故事的岁月等你

阵阵泥土的清香
江南尽是北国的思念
好一片祖国大好河山
垂柳抽芽引杜鹃
我在这个有故事的岁月等你

---

① 肥西为安徽肥西县，下有桃花镇。

追梦人

（一）

在梦中醒来又睡去的我们
麻醉，忘却现实的疼痛
还要妄加指点
世纪的江山

那是隔夜的钟声
荡漾在梦里的清醒
敲碎世间的魑魅魍魉
还原一片绿意盎然的旧时光

（二）

酒千杯，人自醉
千秋岁月淘心肺
洗刷一切过往尘灰

梦已醒，越山坡
收拾行囊从头过
开辟一条浩瀚星河

在路上，心飞扬
披荆斩棘任我闯
书写一生热情高涨

过往，匆匆岁月如流水
未来，茫茫人生总辉煌

尘　缘

躲一场春雨的邂逅
同一个屋檐下的明眸
冻结的时空
是春燕呢喃的温柔

微风唤醒沉醉
雨滴敲打出迷人的娇羞
汇聚的溪流
浇灌心田荡漾的清幽

几世的轮回与炼修
忘却千年的等候
朦胧的雨雾
飘洒在这一刻的衣袖

窗 外

苍翠一片,闪耀
光芒,箭一般射向纱窗
这个寂静的午后
只有绿叶娇滴的羞涩

心底沉重的呼吸
一滴,凝结在空中的泪
撒落万亩的寂寥与落寞

远在天涯海角的你
是否和我一样
等待着一场窗外美丽的邂逅

回家，过年

轰鸣的汽笛
吹响回家的集结
南来北往的穿梭
在一年来的奔波中，终将去往
一个魂牵梦绕的地方
它叫故乡

三百六十五个日夜
天南海北的漂泊
在同一个时刻凝聚
按下忙碌的暂停键，一起停靠在
一个日思夜想的地方
它叫故乡

回家，过年
看看父母亲人、同学朋友
走走街头小巷、田间小道
听听乡俚趣事、喜乐家常
聊聊童年往昔、琉璃时光
感受家的温暖，心灵的避风港

绿 杨

春风吹暖了大地
花开花又落了谁家
月明月暗中的啁啾
绿杨饮着花儿露珠唱新
柳梢枝头轻翠

遥望些许人家添新丁
且听夜半歌声惊飞燕
独留几处相思遥寄

迎接雨水中的播种
守候秋来时的丰收
喜悦浸满额头的汗滴
洒满
田间沟壑，街头小巷，天上人间

来年，我们一起去踏青

准备迁徙南方的候鸟
自信地将心儿安放
在北国的银装素裹
太阳早已日夜兼程
奔赴在南回归线
北半球的人们
憧憬着不再遥远的春天
候鸟在过完它的第一个
真正意义上的严寒
僵硬的躯体
带给了它无尽的遐想和黑暗

世间的公平和地球一样的圆滑
南半球的人们也需要温暖
死土里的冬日
还有一线生机，照耀
切莫在自恋的梦里失去了光明
趁仅有的一丝温度的时间
努力做有故事的留念
共同装扮枯藤老树下

来年的别样暮年

今年的冷比往年早来了那么一丁点儿
所有的武装都是在去年的这个时候
亡羊补牢的说笑
在不知觉间上演
待到嫩柳抽芽、绿满江南岸时
又有多少故事被埋葬
多少流年被遗忘
新的明天是崭新的故事的开端
我们约着一起踏青
一起收获又一年的幸福期盼

亿万年的孤独

我在北方寒冷的月光下
洒落一地的思念
凝结成水晶球的美丽
在孑然一身的路灯旁
五彩斑斓的绚丽
刺破霜冻的万年青

琥珀里的生命
见证沧海桑田的变幻
沉寂在新世纪的殿堂
供人观赏

回　首

时间，何曾留恋
山水变幻的岁月匆匆
砥砺人生的奔波旅途
历经沧桑的蓦然回首

成长，是在脚下的路上
歇息的思绪
驿站的奋斗者们，畅聊
憧憬无限遐想的美妙

欢喜的眼神穿梭，在
侃侃而谈的老者
痛快淋漓的波澜壮阔
灰飞烟灭的时光闪烁

过往，虽是云烟
消散在昨日嘀嗒的睡梦中
清醒在黎明的朝霞
指引，向往的神奇

矿工之光

供暖开始的日子
在立冬前的半个月
陕北的严寒
可见一斑的山枯石烂

瞭望的空旷
在山沟沟里的亿万年沧桑
是郁郁葱葱的原始大森林
还是海洋深藏的大宝藏

掩埋的不深刻
裸露着金光灿灿
微微倾斜的岩巷
四通八达的纵横运转

平静得不能再平静的沟壑
孕育着欢天喜地的轰隆声一片
坚硬的磐石在金刚钻的打磨下
弹奏起冬日里的阳光和弦

悠长的巷道
明亮的眼眸镶嵌在黢黑的脸庞
寒风凛冽的山谷
在勤劳的呐喊声中温暖

薄雾笼罩下的荒凉
正是生机勃勃的矿工之光
点燃了万家灯火
照亮了大好河山

孙家岔的山坡坡上

孙家岔的山坡坡上
夜幕降临在
整装待发的矿工们的脸庞
集结,龙华矿业井口的方向
防爆车的灯光在闪耀

记不清楚这是第多少次出征
已有多少次造访
安检员熟练而细致
守护着日复一日的平静
还有巷道延伸的明亮

四通八达的井巷
在掘进机司机熟练的打磨下
愈发的平坦和通畅
汽笛声,划破夜空的一道光芒
绽放出街头闹市繁华的景象

时光一刻不停歇地流淌
岁月爬满额头的沧桑

一代又一代的龙华人
坚守着破碎机震撼的跌宕
共同演奏孙家岔山坡坡上的新乐章

呵，我亲爱的姑娘

没有了娇羞与拘谨
多了几分熟悉里的陌生
还有些许无可奈何的回避
呵，我亲爱的姑娘
就这样离我而去

曾经天南海北的心心相印
多年以后的面面相觑
似曾相识的无言以对
是岁月辜负了我
还是我辜负了年少青春
呵，我亲爱的姑娘
就这样离我而去

请原谅我曾经的无知与傲慢
让我迷失近在咫尺的茫茫草原
奔驰的骏马
踏起洁净的草甸
再也找不回那一丝
背靠背仰望星空的想念

呵，我亲爱的姑娘
就这样离我而去

我愿为你祈祷，我愿为你祝福
今生就这样离你而去
我仍要守候在岁月静好
在这一片冬的寒风里
埋一粒来年希望的种子
许下来世的诺言
呵，我亲爱的姑娘
就这样离我而去

努力的人生从来不会缺憾

朝霞铺洒山川河流
第一缕阳光的明媚，光芒四射
不是所有的登山者都如此幸运
没有攀登，也就没有了俯视群雄的豪迈

半山腰的烟雾弥漫
山脚怎能欣赏山顶的风景
夜幕降临下的寂静，登山者的孤单
每一个脚步，落石惊起沉睡的梦

追梦人的攀爬，淹没在没有星星的夜里
从未计较，徐徐前行
阴雨天也是另一种人生体味
努力的人生从来不会缺憾

秋　恋

稀稀落落
铺洒大地的金黄
斜阳下的池塘
波光粼粼
最爱深秋里的饱满
是春之生机勃勃后的沉甸
是夏之热情如火后的期盼
是冬之万物寂静前的热恋
这
丢不掉的回忆
放不下的情愫
理不顺的思念
此刻
皆已收获在
道路尽头的万亩田间

手术室的战争

在千里之外的焦虑,等待
白天里的黑夜,一无所知
冥想,只会徒劳

手术,即将开始
电话那头有了些许躁动
传递来的一片鸦雀无声

是时候安排一场争论
是否手术?且听医生
各种渠道的咨询,网络的搜索
没有结论

时间不会等人
病毒依旧猖獗
坚定奔赴手术台
一场搏斗在想象中开场

麻醉师的毅然,主刀医师的娴熟
毫无知觉的束手就擒
注定,一场没有胜利者的战争

试 卷

一遍遍的演练,让我有了信心
带着希望和期待,我奔赴到考场
这是每个人展示自我的舞台

随着铃声的响起,试卷已在眼前
我努力地在文字间穿梭,时间在行走
每个人都在用记忆作答

空气凝固到冻裂,缝隙透着光亮
校门口散布着的人们,怀揣着各自的心事
蹑手蹑脚地描绘着美好的画卷

宁静被一声蝉鸣打破,炸开的光泻了一地
热气在地面传播,感染着每一个人
只有时间悄无声息地踽踽独行

我经历过无数次这样的场面,包括今天
未来还有无数张试卷,静静地等着我
只是没有了演练,正确答案也不再是唯一

八月的风,邮寄思念的明信片

劲风绕耳,北方八月的恋恋情怀
广袤大草原的清爽扑面而来
响亮的梆笛奏出思念的乐章
回音烂漫,是过往的青春年华
余路,携手前行的向往
奔赴最深蓝色的茫茫草海
任歌声荡漾在遥远的心间
此刻,彻底投入梦想的怀抱
天马行空地徜徉在幸福的乡间小道
让八月的风,邮寄思念的明信片

梦里的我

被梦里的我邀请
是件轻松愉悦的事儿
这里没有尔虞我诈的勾心斗角
也不需要阴奉阳违的繁花似锦
如湖面般静谧
绿水中装满了蓝天、白云
还有青山
拂面的轻柔
点饰些许涟漪
荡漾的浮萍连动着少女的心
寻一曲笛音消散在花草间
甜蜜着蜂儿醉去昨日的追寻
摇曳的蒲公英随风播撒着不是梦的梦
散落在春风里的那片初晴
孕育出天地间角角落落的温馨

母亲,伟大不止于此

你我的生日
是母亲的受难日

十月的光阴
一条条的妊娠纹
记录着青春岁月的无私

呱呱坠地的欢欣
迎接着我们的新生
是一段受难的终结
亦是新的艰辛的启程

母亲,何曾诉说
母亲,从未开脱

襁褓,垂髫,豆蔻,弱冠……
岁月的风沙深深刻在了母亲的面颊
不曾逝去,愈发深壑
从未强颜,由衷欢乐
母亲,伟大不止于此

期　盼

不去诉说时间
岁月不紧不慢
野花，草原更远的地方芬芳
待时空扭曲时
或许还能再相见
干涸的小河早已枯草一片
儿时戏水的纯真
如今，只想聆听你的呼喊
回不去的过去
也许从未来过
恰是此刻最深的期盼

冬日里的矿山

整片山坡都是寂静的
除了劲爆的北风
扬起的枯叶，漫天飞舞
零下十几度的日常
从小雪这个节气开启
矿山仿佛在冬眠
来往飞驰的汽车
再也无法惊起鸟雀

沉寂的漫长如同拉满的弓
在迸发的那一刻
响彻整个山谷
那是遥远巷道里的人们
未曾停歇的打磨
矿山不再沉默
井底的热火朝天
如同冬天里的一把火
燃烧的激情
在皮带上震动脉搏
唤醒了冬日里的矿山
还有整片山坡

秋风寄望

叶飘叶落秋风起,
散入路旁似相惜。
昨日葱郁今何在?
且看春来花满地。

向矿工致敬

漫天灰蒙蒙,侵占
仅有的洁净,躲在屋子里的人
如同屋子躲在整个空旷的山野

周边的荒凉被吹尽,只剩下
冒芽的枯枝和野草,继续
顶着狂风的肆虐,摇摆着青春

这是陕北的春天,陕北的矿山
矿山的寂静在午后的春风里
被掩埋,是沙尘的杰作

总有这么一批人,来回穿梭
不论刮风下雨,天寒天暖
巷道的尽头是新的开始

如同这春天一样,冒出
新芽,在一次次的掘进中
重生!给予时代前进的不竭动力

春,又来了

春
如期而至的雨
唤醒了沉睡的大地
忙碌的人们,请歇歇脚
聆听大自然的呼吸
就像新生儿一样的清晰而富有生机
我思念的人儿
愿你徜徉在花儿的海洋
嫩绿抽芽的小草已为你铺满庭院
墙头的紫堇不经意间涨红了脸
这三月天的淅沥
点点滴滴
流落在河边的蒹葭
早已为你守望着一冬又一冬的春天

怀念,每一个有你的曾经

入冬后的第一场雪
融化在黎明的窗前
阳光闪耀着
水晶球晶莹剔透的光环
时间在老挂钟的嘀嗒声中前进
生活还得继续行走在
无声无息的千里迢迢

歇脚是为了更好地储存
过往的过往
为即将到来的将来浓妆艳抹
请珍惜沿途的风景
怀念每一个有你的曾经
点滴间的积累
邂逅成了一生的心灵留影

孙家岔的集市

秋风掠过
半绿半黄的见证
一场无声的霜寒袭来

岔上的黄土飞扬
集市上的人来人往
穿梭在同一片黄土的村庄
一家杂碎面赫然

清晨的阳光
在热气腾腾的薄雾中张开臂膀
拥抱整座村庄的日常
风依旧，拍打着行人的衣裳

陕北的入冬仪式
在孙家岔的集市上
一夜间开始了叫卖

开　端

一个梦醒的地方
公园里的灯光璀璨
没有寒风刺骨的冷雪冰霜
河面舒展了倒影重现
严肃的冻结宣告结束
轻浮的枝柳不再干枯
微微摇晃着少女怦然心动
这是一个世纪来的最美妙
在泥土中挣扎着的万物生灵
憋足劲儿，等待阳光的呼唤

我路过梦里的我
在呐喊的星期天出发
去一个遥远的只有故事的明天
迈出童年许下诺言的沉重
坚定地走出新的一年的步伐

孟夏[1]的郊外

原野灌浆的麦穗

在一片蛙声中饱满

清凉渐热的草木丛林

早已躁动的不再是蜂飞蝶舞

小满[2]带来些许雨水

却不足以让人们笑语欢歌

靠天生存的日子

在孟夏的夜幕中

永远迷失给郊外的无知

---

① 又称初夏,农历四月。
② 小满一般在农历四月。

努力付出的人生，
总会有鲜花怒放的生命

给自己留些空闲
生活需要时间去打理
昨日的匆忙留下的混乱
最好不要汇入今天的远航

还是有人会去争吵
这个无法公正的世界
有些故事却一如既往
点滴成流，皆因付出

憧憬，必定是未来的美好
光鲜亮丽是多少岁月斑驳的积累
霓虹闪耀，遮掩了黑暗的视角
努力付出的人生，总会有鲜花怒放的生命

藏头：十四行诗之建党百年华诞

热血沸腾，追忆红船精神之往昔
烈火中烧，奔赴革命战场之决绝
庆功，一个世纪以来的艰难险阻铸造奇迹
祝福，亿万华夏炎黄，全球同欢悦
中华儿女，在披荆斩棘的道路上开创未来
国之将士，前赴后继，为国捐躯
共享建党百年之辉煌，普天喝彩
产育伟大的人民，缅怀先烈的誓死不渝
党魂永在，推进新时代的改革不停歇
一元复始，万象更新的步履砥砺前行
百万雄师过大江的豪迈，多少英雄豪杰
年华正茂的我们，毅然接过冲锋的坚定
华勋引领，代代伟人传承的复兴梦
诞辰百年的中国共产党，续写新的征程

从岁月寻找岁月

凝固的空气,被言语击碎
沉寂,荡漾在湖泊,泛起涟漪
黄昏的遥远,在山的那一边

暖风吹起,抚摸冻结的大地
和煦在山脊,生机盎然
夜幕降临,星空忽闪着美丽

遥相呼应的万家灯火,团聚
诉说着曾经的曾经,还有很多记忆
童年播撒的种子,萌发

成长,在翻山越岭的间隙
分别的彼此,从岁月寻找岁月
还有许下的诺言,从头开启

沧桑,是时间馈赠给了光阴
还有你我,在摩肩接踵的繁华里
流淌着同样的热血,激情

行走在山里的人

惊起的鸟雀从山那边飞过
夜在风中迷失了自我
晨曦里阳光明媚中少了些许光芒
行走在山里的人
循着风的方向继续攀爬
世间的神奇在眼前——闪烁
激动的沉默在山顶颤抖
打身边溜走的过往皆在脚下
对面的山呵，巍峨高大
行走在山里的人
早已遗忘身边的寄宿
不再留恋昨日里的梦幻
穿越时空的贪婪
使他们一刻不停地继续行走
我愿是那行走在山里的人
我愿时刻不停地继续攀爬

交　替

朗朗星空笼罩着塞北的山脊
山谷里的静谧在矿灯的照耀下
愈发明亮而又迷人
一览无余的沉默
沿着纵横交错的巷道传递

时间在绵延的皮带上
肆意地奔跑
工作面的热火朝天
透漏着一丝丝的震撼
回声在地面微微荡漾
惊起的鸟雀
为黎明的到来奏乐

一批整装前行的矿工们
在井口的方向渐渐远去
留下朝霞,迎接着
另一批即将升井的矿工

秋　思

晨风飒爽
送走昨日当空的艳阳
饱经炙烤的作物丰腴
金黄，铺遍田间地头的成长

枝叶浓绿
繁茂的簇拥挤伤了夏的思绪
随风摇摆的飘飘欲坠
眷恋了一个春的爱慕与希望

呼之欲出
半岁光阴的流光溢彩
谱写一首丰收在望的盛世乐章
唱醉了多少年少青春的梦想

匆匆过往
集聚沉甸甸的往昔沧桑
前路漫漫
照亮精彩人生的未来时光

受伤的树

春风不是风
刮过漫天的伤寒
枯枝苏醒
奈何无尽的尘霾与干涸

我用泪水浇灌良知
期望唤醒路人的冷漠

桃花漫

桃花开春寒,
簇拥枝头欢。
刺骨风萧瑟,
却惹芳争艳。
俯身依凭栏,
相思身花漫。
纵有千般苦,
此刻皆消散。

收割,在绵延的巷道里

入井,整装待发的我们
告别了清晨的第一缕阳光
防爆车里的空间
承载着一群人的欢声笑语
在绵延不断的巷道里
回荡,而又遥远的清晰
仿佛就在昨天

就这样日复一日的穿梭
伴随着掘进机的轰鸣声响起
还有采煤机的切割声震撼
大采高架子整齐划一的排列
迎接着一批又一批的指挥官
皮带飞速的运转
传送着亿万年播种的工业食粮

这里没有阳光的温暖
没有阴晴圆缺的变幻
一声声热情高涨的呐喊
打破了山谷里的寂静

收割,在绵延的巷道里
一代代矿工们的追赶
拉开了今天还有明天的奋战

耕　牛

辽阔的大地
你是我的母亲
你用你的乳汁养育了我
我却用我的四肢践踏着你

浩瀚的天空
你是我的父亲
你用你慈祥的目光凝视着我
我却不愿抬头看看你

漫夜的星辰
你们是我的兄弟姐妹
你们用点点光芒照耀着我
我却无力搭讪你们

请不要埋怨我
请不要以为我毫不领情
其实
我时刻都未曾忘记你们的关爱
我时刻都未曾忽视你们的存在

我践踏着你

是为了耕犁出更肥沃的土地

我不愿抬头看你

是怕伤了你的心

我疲倦地面对你们

是因为一天的劳作让我打不起精神

明天？明天还要耕地

我还要为你们——我的父母、我的兄弟姐妹

奉上我全部的热情

用我的汗水去滋润你们

我要脚踏实地耕地

直到

最后一次看到夕阳西落

最后一次看到兄弟姐妹们现身

我将耕完最后一分土地

安然躺在母亲温暖的怀抱

秋韵寄忆

风，嗖嗖地掠过树木、原野
秋虫唱响了夜的心声
金黄散落一地
轻轻地、紧凑地依偎在一起

黎明，如期而至的清凉
稻田里荡漾着欢声笑语
果香弥漫整个村庄
灶台，小伙伴们迷糊着睡眼朦胧
一天的欢乐就在此刻开启

我的童年，满满的回忆
在那一阵一阵的秋风里
飘荡飘荡，不知不觉
伴随着我，逐渐地成长

思 恋

凤凰枝头凤凰花,
凤凰树下有人家。
若问相思愁何处?
唯有你我别无他!

我们应该出去走走

我们应该出去走走
可以去欣赏大自然的美
或许还能发现一个不一样的自己

太过安逸的生活
终究会出问题
让锈迹斑斑的脑壳
带着臃肿的躯体
还有那污秽的灵魂
去沐浴另一个世界的阳光和空气

死水终究孕育不出新生命
不要太过计较
去做一些有意义的事情
苟且而势利的人生
注定不会长久
外面的世界
需要我们这些正义的人们去拯救

做一个不一样的自己
可以去欣赏大自然的美
我们应该出去走走

醒　来

醒来，是从去年今天的睡梦中醒来
这一年发生了什么，无从知晓
也就是一闭眼一睁眼间
梦，随风而散

依着高楼，眺望远方
朋友仍在，沧桑了些许
似乎仍在为去年的工程项目耿耿于怀
或许为前年一次不欢而散的宴会抱怨
而我呢，仅有的记忆
也只是从他们的诉说中去努力追寻
却不得而知的回音

醒来，是从遗忘的睡梦中醒来
仿佛摇曳枝头的银杏叶
有种飘飘欲仙的感觉
但，终究阻止不了
它，落地的命运

远方的远

一夜的风
吹落枝头仅剩的几片枯黄
聆听
吞噬时间的嚣张
研磨咖啡的呼吸
品出不一样苦的记忆
远方的远
无须用岁月去测量
揭开一本万年的沧桑
时空更替
战争的硝烟弥漫
在无声中演绎七彩的光芒
生活尚且
流淌
汇聚汪洋

每一份努力,都是你的财富

秋的丰收始于春的播种
每一滴灌溉,每一份耕作
劳苦,滋润着大地
萌芽,勃勃生机铸就幸福的收获

当下的一切,都是过往的耕耘
撒播的希望需要充足的养分
每一份努力,浇灌着理想的种子
成长,需要一点一滴地积累

成功可以是自己努力的动力
过于沉迷的喜悦,却成了生命的唏嘘
有限的时光,去做有意义的事情
莫到岁月流逝,容颜已憔悴

麦 浪

雨,又下了一个夜晚的安静
清晨的风,如约而至的凉爽
在五月即将结束的时光
抚摸着一株株的沉甸
那是朝阳映射的锋芒
胀满的麦芽,如此丰腴
像极了情人的娇嫩欲滴

波浪起伏的麦田
正在排练一场端午时节的大片
阳光浓烈的热情高涨
气氛到达了沸腾
路过的行人驻足
这是劳动者的精心编排
还有大自然的默契出演

时钟一刻不停地敲打
在麦浪低头的金黄
储蓄了一个冬天里的积攒
还有什么如此美丽

随风而起的舞蹈
陶醉了劳动者的满脸笑容
在接下来的美好时光，收割

渴 望

这片漆黑带来了多少幻想
因为白昼的光明
让人无法直视的目光
此刻
变得肆无忌惮地张望

宁谧的激动
荡漾在死板的玻璃窗
再猖狂的挣扎
也只能小鹿般的迷茫

因为渴望
硝烟散去的原野
荒草一片的自我生长
就让夜这么一直下去
看不到
也就不再慌张

黎明少了谁也一样
让不正常变得正常

这不是人们所想要的
却成了挥之不去的时尚

是谁导演了一切
能否让鲜花芬芳
街道嘈杂的过往
在悲戚弥漫的时空中回荡

我渴望阳光
渴望车水马龙的街巷
渴望欢声笑语的交谈
渴望平淡无奇的日常

挂钟不惊不慌地摆动
总有一天
死寂的黑暗
会被阳光普洒大地

那时的人们
讨厌情绪紧张的泛滥
更不愿去回想
曾经的战争和疯狂

情到深处

风凉了，树叶黄了
随风而落的飘零
是故乡邮寄的明信片
装满儿时纯真的字里行间

记忆跟着年龄老化
模糊的只有声音
回荡在耳畔的甜美

久久不愿离去的燕儿
留存在房檐，一片春泥
守望又一个春暖花开

仿若一世的别离
呢喃婉转
缠绵一个春秋的思念

而如今
漂流在外的游子
等待又一年的等待
何时归故里的期盼
写满岁月沧桑的脸庞

秋 心

风渐凉，叶落黄
满地飘零还是伤
秋安宁，心荡漾
晚霞远景照彷徨
月下路人行匆匆
对影三人孤相望
那年亭旁晓坐
却料一别满思殇
秋虫唱晚岁月长
待到天明
又是欢喜梦一场

十四行诗：我等你，有过之而无不及

风走了，云会来
云走了，你会来
你总是如期而至
遮风挡雨，遮阳避日

这个夏末黄昏的燥热
少了几分矫情与奇特
我努力演绎好剧本里的自己
让接下来的故事多些神秘

迎接在七夕里的你
只有艰难才懂得珍惜
哪怕是一天的相会
也要用去一年的光阴去筹备

我等你，有过之而无不及
一直在这个燥热的黄昏岁月里

湛蓝的天空下,乌金闪闪

塞北的风,刺骨的寒
吹散了阴霾的阳光灿烂
红个蛋蛋的脸膛
露出矿工们纯朴的笑颜
荒凉的山坡坡里
热情的采煤机轰鸣
演奏出冬日铮铮岁月
温暖千家万户的交响曲
一列列火车的汽笛声
响彻整个山谷
湛蓝的天空下,乌金闪闪
照亮祖国天南海北的大好河山

阳春三月

乍暖还寒又一年
叫嚣了一个冬天的北风,在这阳春的三月
终于抵御不了春的诱惑,温柔了起来
一个劲儿地轻抚着沉睡的大地

草儿悄悄顶破覆盖的土层
轻轻揉着朦胧睡的双眼
一个寒颤
感受着冬去春来的温暖

河边的柳枝正偷偷抽芽,远看绿色朦胧惹人爱
近探枝条弥漫生机来
这一个冬的深藏
又要孕育多少枝蔓人间?

浮冰化去水波起,春风和煦相思急
北归的燕子
一个冬的流浪
又要带来多少情思缠绵
且看人间,一场春雨

播撒新一年希望的种子
为生活，为爱情
为更加美好的明天

大　地

种子的神奇是在包容下生根发芽
花朵儿的美丽是有根深蒂固的补给
果实的成熟是依靠肥沃的滋养
孕育万物，却从未索取

春播，夏育，秋收，冬储
年复一年的积累
只为日复一日的口粮

毫无怨言地任人收获幸福
母亲的伟大
哺育子孙的健康成长

回报是对后世的承诺
万水千山的郁郁葱葱与巍峨挺拔
繁衍一代又一代的生机勃勃
共同守护大地应有的光芒
是我们未曾思索的使命与荣幸

党魂永在
——庆祝中国共产党成立 100 周年

南湖的小船点燃了星星之火
前赴后继的革命先烈
绘制出百年党史辉煌
冲锋的号角，响彻如昨
党魂永在
我们从未遗忘初心

天安门广场升起了五星红旗
奋发图强的新时代党员
奔跑在百年新征程
豪迈的呐喊，振聋发聩
党魂永在
我们继续砥砺前行

浩瀚的宇宙洒满了和睦温馨
勃勃生机的无产阶级代表们
充扮着百年和平信使
友善的拥抱，情深意浓
党魂永在
我们终将为了共产主义事业奋斗终身

老师，您好

懵懂少年对知识的追求是源自您的引导
时光穿梭而逝去的光阴
有努力拼搏、奋发图强的豪情壮志
有意志消沉、我行我素的萎靡不振
有重振旗鼓、再赴前线的意气风发
青春年少的我们，如此变幻多端
是您用耐心的教导压制住了轻狂
是您用谆谆教诲让成长充满了希望
是您的精神感染了一批又一批的欢乐同窗
在这个特别的日子里
且让秋风邮寄我最真挚的问候
祝福您节日快乐
献上一句：
"老师，您好！您辛苦啦！"

情　思

阴雨过后的天明
情思流淌了一地

浇灌的青翠
明亮里迷人

午后的初夏
在乏困的哈欠里

不自觉地沉醉
怎忍惊落柳梢枝头的挂珠

倒映的蔚蓝
是大地拥抱了苍天
还是岁月留给了思念

打这一刻起
我不再清醒

十二月

一年来的匆匆即将停歇
十二月的寒冬在窗外
随风摇曳枯树仅有的几片残喘
客厅的灯光唤起夜的沉思
悠长而深远的街巷响起几声犬吠
那是借酒暖身的过路人的暴躁
古老的挂钟敲醒睡眼的疲倦
翻开这一年的日历
厚厚的沉重被积灰掩埋
惊心动魄在此上演
夹杂着酸甜苦辣的岁月沧桑
弹奏千军万马的静夜思绪
飘散在高歌一曲的豪迈
过往的终将过往
撕去的记忆为成长拾阶
站在城楼的仰望
一声怒喝的释放
迈出了千年的步履辉煌

思念，在有你的每一个角落

送走海平面深处的最后一片云朵
黑暗中的探寻
伸手不见五指的寂静
一层又一层的隔挡与阻拦
大海继续在咆哮
欢滚的浪打碎了所有的沉默
思念流淌着沟沟壑壑
在入秋后
愈发期待丰收的喜悦
溢于言表的欢乐
从此，洒满每一个有你的角落

西豆峪

我在这个夜晚等你
数着乌云淹没的星星
闪亮的雨滴砸向西豆峪
溅起的箜篌，幽静

黎明的光芒
颂唱着黄河边的风声
有些故事只属于那个夜晚
吟诗作乐的黄酒相伴

远去的钟鸣
唤不醒迷恋的沉睡
红豆驿站曾经的故人
留下推杯换盏的余音袅袅

起　航

梦
在黑夜的天空中
划出一道闪光
不知觉间的东方
唤醒了去年的沉睡

浪
激荡在渔船的摇桨
拍打出寂静的乐章
交响曲的震撼
响彻了整个山谷

帆
乘风而去的征途
寄托在岁月里的奋争
起航，属于有理想的我们
破浪在逐梦的海洋

秋千,荡漾在心田

光芒笼罩着大地
思念如皎洁的倾泻
洒满夜的孤独和寂寞
与斑驳陆离的霓虹相依

秋风微微
抖落枝头一片叶的宁静
装满整个星空的湖面
荡起秋千

我儿时的家园
庭院里也有一架秋千
除了厚厚的尘土
还有回声嘹亮的笑语欢颜

如今,藤蔓爬满额头
秋千,荡漾在心田

山顶,白雪里的暖

趁夜黑,约三五个好友
大地顺着山脊延伸到天空
依稀闪耀的星,指明方向

攀登的脚步紧扣在石阶上
坚毅的沉重在山谷回荡
寂静中穿透着阵阵林中飞鸟的躁动

东方渐明,山顶隐约
白雪皑皑,折光映眼

拾阶而上的轻松
此刻,尤为痛快
恰到好处,顶峰处歇坐

有备而来的棉衣加持
任尔雪里风来咆哮
俯视群雄的感觉真好

我和我的我

从昨夜的故事里醒来
拼搏在今日的分分秒秒
不忘为明天的我精雕细琢
而你只是天空中的一片云朵
早已消散在黎明前的漆黑
我和我的我
带着五彩斑斓的记忆
畅游在未来的时光隧道

雨霖铃·奋争

夏雨滂沱,劲风扶摇,万物皆绿。凭栏举目远眺,忆及地,往日胜景。翘首凝视他乡,竟满目伤情。思去去此地月明,风叶潺潺满庭争。

愁苦更待几时休,却难堪烈日灼情时!今宵奋争何处?晚亭旁,古木参天。此刻一遭,应是悲苦伤痛已定。便期有来日辉煌,更需多奋争。

征　服

阴雨覆洒整条马路
在这炎夏的日子里
明亮的路面
折射出凉凉的冷风
此刻的清醒
是昨日一壶酒的醍醐灌顶
抑或岁月流逝的伤痕
如此宁静，却又
躁动不安的内心狂鸣
斗争总是不应该的，舒适
消耗了最后的晚餐
诚惶诚恐，
就这样接受审判？
还是趁清醒，重新收拾行装
不介意炎热，不关心风寒
天涯就在脚下
踏遍每一个海角

灯　光

夜已入睡
深秋的风，叫嚣走了寂寞

床头的灯，照亮了一屋子的思念
辗转难眠

窗外依旧，漆黑一片
整个长夜，仍有点点灯光闪烁

你是否也和我一样
在其中的一盏灯光下
守候着遥远的牵挂

岁月长河，静谧处幽深
又留存了多少盏

漫天的星光灿烂
总有一颗，为你撰记
这灯光下的美丽传说

生命之色

——生命是短暂的一年四季,也是永恒的岁月轮回

柳絮飘飘,惠风和畅
牧野誓师,众心归向
一场厮杀,谱写新篇章
祭奠,是正义之师的万人敬仰
遥远的荒草绿
为生命诠释不息的斗志昂扬

烈日炎炎,仲夏初茫
汨罗江畔,微波荡漾
一首离骚,响彻数千年
传颂,是艾草飘香的源远流长
深邃的江水蓝
为生命演绎不屈的爱国时尚

晴空万里,秋高气爽
天安门前,万人空巷
一曲国歌,宣誓新纪元
开启,是举国欢庆的气宇轩昂

鲜艳的国旗红
为生命绽放坚毅的重生光芒

折胶堕指，刺骨冰霜
长津湖面，溃散汪洋
一次战斗，震撼全世界
出征，是勇往直前的义无反顾
洁净的雪花白
为生命放飞和平的展翅翱翔

距　离

我在寻觅你的路上
你却进了别人的心房
神秘的下午茶时光
就这样流淌

我与你的间隔
如同昨日和今天的光芒
错过了，仿若一世
就这样彷徨

愈发得努力
在艰难与挫折中茁壮
生活的距离
就这样不卑不亢

攀登，征服者的执着

夜幕即将降临

准备了一个白昼的行囊

与停歇的脚步一起

奔赴黑暗的山峰陡壁

风欲静，人不止

每一个脚印

都篆刻着攀登者的痕迹

时光不曾停留一秒

步履怎能迟到半刻

一群寻觅新的光明的观山者

翻越黑暗的沟壑

还有荆棘与丛林

向上，向上

在即将迎来朝阳的山顶

矗立着征服者的微笑

响彻黎明第一缕阳光的

漫山欢乐

青玉案·浪子回头

孤凉小山树万千,
不见足迹人烟。
倒转竹筏建木船。
风吹林动,鸟雀疾鸣,一夜难安眠。
浪起汹涌排山来,
悔意浓浓绕心环。
日日盼舟万分愁,浪子回头,
孑然一身,独处幽林山。

塞北中秋

塞北中秋夜微寒,再叙庭院石桌前。
隔空遥望月圆圆,思念一地漫无边。
去年今日同举杯,今宵对月推换盏。
我望故乡月更明,天下游子心已还。

我在南方的骄阳下,春暖花开

那一年,阳春三月
你我一起攀爬莲花山
邓小平爷爷阔步迈向新未来
改革开放的决心直抵心灵深处

如今,阳春三月
你在北国的寒风里,战战兢兢
百树抽枝是如此狼狈不堪
却不曾有丝毫退缩的溃败

我在南方的骄阳下,春暖花开
万物复苏是何等欢欣雀跃
你用你沉重的躯干抵挡住寒沙灰
我用我矫健的步伐走出了新天地

来年,阳春三月
我和你约定在莲花山
回望走过的峥嵘岁月
放眼天南海北的勃勃生机

你，在人间

瞬间闪耀的光华

一点一点地逝去

消失弥散

耗尽所有空虚

飘零的云朵也曾留下片刻的记忆

美好不是伤感的元素

高山依旧，流水常在

岁月无情，因人同异

晴雨的天空

是上天安排的露珠

晶莹剔透的温馨，迸发着勃勃的生机

草原的辽阔，释放着游牧者的淳朴

留藏一缕斜阳，划断一世情缘

仰望一片苍穹，斟满一生豪迈

悄悄过，那雨后的雨后

浇灌高悬的飘摇

淋沥万物的沃土

从此，流落人间

秋·冬·春·夏

这是收获的季节
第一次邂逅
我的眼神如镜头般收获了你的身影
心灵的底片在睡梦的冲洗下
使我有了天使般的追逐

这是浪漫的季节
重逢的喜悦
我的决心如烈日般融化了厚厚的冰层
纵使在这寒冷的季节
我也将我的心儿温暖你的心

这是生命的季节
晚亭旁有了我第三次的留恋
我的希望如今朝的露珠小草
我要用春笋顶破土层般的伟大向你表达我的爱恋
高速的心跳哽咽了我的喉咙

这是热情的季节
我不愿再错过上天的安排

复杂的情绪浇灌着我

第一声招呼得到的是冷漠

第一个回眸给了我今生不灭的信心

离开吧，朋友

（一）

离开吧，离开吧，我的朋友
我们千万不能陷入魔鬼的圈套
再这样下去
这儿将留下人类的第一批骷髅

（二）

还曾记得吗
当初的我们是如何的斗志昂扬
消沉？我们会唾弃这种无知
我们出走是因为自己的理想

数着被航帆抛在身后的巨浪
风中摇曳的浪花儿为我们欢唱
永远的地平线消逝在大海的尽头
眼前的迷惘被执着的心释解

游弋的鲸鲨
饥渴而又充满贪婪

暗礁石的丑陋，还有狂风暴雨的恶毒
我们依旧，我们在惊心动魄中杀浪

远离了喧嚣的都市
又是一个没有星月的漫漫漆黑
死亡威胁不了我们
黑暗只能给我们寻找光明的动力

有限的干粮早已耗尽
我们依稀发现前路的光亮
斑斓点点的希冀
装饰了海天一片蓝的纯净

我们都知道
那是一种多么难言的纯净啊
可我们不知道
那纯净背后究竟埋藏了多少刀光剑影

（三）

这是一座孤凉的野岛
没有人烟，也就不曾留下人类的尸骨
草木鸟兽们是惊？还是喜？
因为我们是一群不速之客

没有选择，只有停靠
永动机的遐想永远只是遐想
我们执意现实向幻想低头
为了重获新生，我们需要储备

所有的枪支都装满了弹药
为了新居，我们需要残暴
回到原始的部落
不再沉醉静谧的生活

我们开始欢呼，开始歌唱：
"团结才有力量，
提高斗志，我们才能昂扬，
一切都只是为了理想。"

岁月驻扎在了遗忘，
狩猎，造田，耕作，建房。
还有什么？都是如此的往复。
畏缩了？却不敢打破常规

（四）

一年，两年，三年……

（五）

船长有了银须
大副也白了头
我们所有人都安逸的生活
我们所有人都恐慌的生活

放手！放手！
你那魔鬼的爪牙
不要停留在这片孤荒的苍凉
想想我们出发时的疯狂

离开！离开！
魔鬼早已潜伏在我们身后
难道真要留下尸骨
难道真要遗忘理想而葬身于此

死亡！死亡！
只要不再毫无生机地煎熬
曾年轻的心，我们再出发
纵使年迈，也要坚毅而不倒下

杀风者,光明

山呼海啸般轰鸣不止
要把几千年来的悲伤宣泄
晌午的余晖被吹散
迷失在夏日里的摇曳
洒落墙角里的人们
艰难地抬起头颅
觅一丝光亮,私语
缝隙间的嘶鸣
穿越整栋楼,胜利狂欢
光芒的利剑终究要穿透黑暗
刺杀这乱世的狂魔
还世间一片风平浪静

我这里又下起了雪

一夜的酣睡被闹钟惊醒
梦里的故事戛然而止
不知道谁是梦的主角
但一定是个甜蜜的邂逅

推门的那一刻
昏黄的路灯,忽闪的晶莹
劲爆的北风吹散了仅有的思绪
漫天飞舞的小精灵,欢喜

原来,失去的记忆
被眼前彻底唤醒
雪花儿飘散的角落
收藏了多少支离破碎的清晰

一步一个脚印的深邃
在洒落的光的折射下演绎
我这里又下起了雪
是梦里,也不是梦里

邮　寄

你在南方艳阳高照
我在北方大雪纷飞
那一抹厚雪里的美
最是江南绿满的追忆

雪花迷人的闪耀
映一片天空湛蓝的洁净
这美丽的人间四月天
怎能不让人沉醉

时光流转在春风里
冷暖交替着前行
我把积雪邮寄
送给江南最美的你

致七夕

悄然流逝的岁月
时光刻录过往的青春
每一笔勾勒
绘制出似水年华的记忆长卷
一起走过的山川河流,岁月静好
年复一年的七夕
寄语对未来的幸福憧憬

歇脚的时刻
伫立秦长城的豪壮与凄美
遥望垓下,奈若何的悲叹与不舍
不求轰轰烈烈过一生
但留平平淡淡岁月长
今且七夕明亦夕
时光依旧,幸福依旧

徜徉，浪迹江湖的山河无恙

昨夜的酒，醉在清晨里的梦
是秋凉一地的枯黄
仗剑天涯的年少轻狂
在无边萧萧处，冷漠
铸就今生不可一世的昂扬

老夫聊发的从容，落子间
对弈搏杀的静谧与跌宕
微微风飘过，剑气如霜
一壶佳酿，就着岁月沧桑
品出百味的山岚与默然思量

纵有千峰难越，重拾
刀光剑影的步履豪迈
穿梭在幽暗的魍魅魍魉
斩落无处安放的漂泊，徜徉
浪迹江湖的山河无恙

丰收的稻田，喜于言表

是流云多姿的舞蹈
是波涛欢滚的起伏
东方渐明的光芒
涨红了大半边天的脸
孩子们的热情
在太阳下愈发红涨
稻谷挂满了穗儿
沉甸甸的金黄就是黄金
欢声笑语响彻了田间小道
再坚守最后的时刻
人们早已洋溢不住的幸福
在此刻绽放

秋雨寄思

烟雨迷蒙,梧桐散落满庭院
寒蝉鸣,声声漫漫皆思念
一场风寒,花飘几瓣,何处寄往?
醉是牵牛迷人恋!

滴滴相思入湖,涟漪点点
一叶飞舟卷珠帘,似水流年
独立船头翘首盼,几时起?何时休?
且让秋雨撒个欢!

思念有毒

思念有毒
我愿在这毒的海洋里徜徉
享受飘飘然的幸福时光
短暂的人生
总得有些刻骨铭心的荒唐
天涯走一遭
哪能少了小草的故事
还有大地泥土的见证
雨里的奔跑
织就了爱情的网
天南海北的漫山遍野
一起畅游在有你的每一个地方

寻　觅

压抑

掠过头顶的沉默

光芒

被一个喷嚏撕开口子

所有的肮脏

四处躲藏

正义的种子

仍旧不为所动

寒冷

吹响反攻的号角

瑟瑟发抖的恶魔

无处安放的游荡

正义的种子

仍旧不为所动

春暖

揭开面纱的神秘

没有了昔日的嚣张

是属于胜利者的欢呼

真 理

安静得只有呼吸惊扰
忘却时间走过的熏陶
我的世界一片空白
因为没有你
鲜花不再美丽
夕阳无法让人沉醉
堆砌的辞藻
散落满地的心碎
这相思的苦咖啡
给原本沉重的脚步上枷
锁住今生解不开的情愫
在清晨的阳光里
努力寻找你的身影
我用这一生去追求
不论岁月沧桑
还是步履维艰的匆忙

向未来出发

钟摆拨动新年的琴弦
弹唱着一年来的热火朝天
孙家岔的集市张灯结彩
装饰着小镇人们的国泰民安

龙华煤矿留守的矿工们
守护着矿山岁末年初的安宁
厚积薄发
如同沉寂的侏罗纪大森林

当钟声敲响的那一刻
漫天烟花
绽放着五彩斑斓
回声荡漾
在起伏的山脉
在绵延不断的岩巷
在矿工们日夜劳作的脑海

有的人留守煤矿
与矿山日夜作伴

有的人重返家乡

与家人欢聚一堂

一个年的团圆

是庆贺,也是告别

更是新的重逢与汇合

向未来出发

我们齐聚矿山

采煤机和掘进机轰隆

皮带传颂着新年的赞歌

歌声传遍千家万户

温暖了万家灯火的盛世华年

奋斗的青春，别样的风景

沉寂的夜，黑暗淹没了每一个角落，哪怕一丝光明
思绪，在没有任何的束缚下，无声地弥漫
奋斗的青春，不愿放弃，也许是一丁点儿的希望
全世界都安静下来了，都在安静地聆听
激动的心，无法平静的波涛汹涌，壮志豪情

去讲述别人的故事？我们更愿意描绘自己的风景
从出发就立下豪言，无论路途的曲折与艰辛
享受，在每一次的思想碰撞，得到最大的释放
宇宙的公平，如同给每个人一天同样的 24 个小时
从未企望不劳而获，付出后的回报，格外甜蜜

翻山越岭，经历过的一次次死里逃生
庆幸生命的顽强，更是兄弟间的欢声笑语
过去终将过去，活在当下，是为了更好的前程
活出自己的模样，世间如此这般，也要坚定信念
成功不需要施舍，哪怕失败，也要败得出彩

越挫越勇，拼搏的激情澎湃，印刻在记忆的绢帛
无悔的青春，汇演出一幕幕岁月留声

待回头，品味人生百味，何尝不是一笔巨额财富
收拾行囊，继续出发，前途漫漫待我征
努力的人生，美丽风景，从不会缺席

二月二

这漫天的风
扬起黄土高原沉睡的沙尘
刮醒了冻土里的万物，复苏

二月二的日子里
理发师的推子忙碌个不停
修剪一个个正月成长的年轮

剃龙头
欢天喜地地沐浴
播种在新一年的风调雨顺

矿山大地

宽敞明亮的巷道
绵绵延伸数万米
往来穿梭的人车不断
尽头的尽头是没有尽头
在掘进机司机的开拓下
整齐的新采面
如同雕刻大师的大手笔
在大地母亲的包容下
大刀阔斧地开创一片新天地
采煤机转动起亿万年的沉积
铮亮的黑闪耀着光明
皮带声隆隆
传送着岁月积攒的财富
这是大地馈赠人类的宝库
夜幕降临下的万家灯火
矿山大地的沉默
格外温馨

陕北,入秋后的风很清爽
——追忆纯真的童年

听,沙沙作响、果满枝头的红枣树。
这是入秋后,一场秋雨带来的风,泛着泥土的清香。
儿时的记忆,随风撒遍整个山坡。

记忆中的你,看着青个蛋蛋的大枣,乐呵呵地笑个不停!
你说你喜欢秋天,喜欢枣花成果的丰收,
更喜欢枣红后上学路上蹦蹦跳跳的时光!

记忆中的树,依旧在山坡边迎风招展。
站在山头,我眺望着故乡,
在风中聆听你那咯咯笑的童年,
脑海里放映着有你陪伴的乡土故事。

那年,你我分别在那颗红枣树。
八月的风吹散了童年的纯真,九月的雨滋养着不断成熟的我们。
岁月不曾停留,一场秋雨后的风,真的很清爽!

守望着

摇晃的树叶
被风吹散了
一个春夏的积蓄
冷
从四面八方挤来
这个秋天的尾巴
扫去一地的思念
埋藏的深邃
一刻不停地在
风雨里发酵
散发的醇香
是经年的老酒
醉在又一次播种的路上
而我
也随风飘洒
在来年的田野里
守望着远去背影的你

心中的玫瑰

老屋陈旧的窗檐
铺满经年积攒的尘土
劲风刮过
四处飞扬飘散
在雨滴不停地敲打下
沉寂，院落花园里的故事

故事里
有农忙、蛙噪
有弥漫的稻花香
和数不尽的欢声笑语
更多的是
魂牵梦绕的牵挂
花前月下的聊说

故事在记忆里成长
绽放出一朵艳丽的玫瑰
永不凋零，在心中
虽然刺痛
也要用一生去呵护

珍 惜

一阵秋风凉
抖落了满地的金黄

这九月的清晨
收藏了一个春夏的张扬

饱满的穗芒
绽放出欢声笑语的喜悦

我思念的人儿
你是否也和我一样

静悄悄地等待
收割的希望

再次相遇的黎明
请珍惜
这来之不易的稻香

午后的一场雨

窗外,下午两点的乌黑
阵阵沉闷的雷声,轰隆

口子,撕破苍穹
向下倾倒的干脆

所有隐藏的神秘
在黑暗的掩饰下,猖狂

上帝的甘露洗礼着圣洁
真相大白的雨后,格外清新

四处逃窜的幽灵
在无声的尖叫中逝去

午后的一场雨
重归于平静

冬夜,倾听心的诉说

轻飘飘地铺满一地的白
静悄悄地随风入夜
路灯下的飞舞
绘画出漫天的繁花似锦
一壶茶
沸腾了夜的寂寞
我与自己来一次心灵的畅聊
在这个冬夜
倾听心的诉说
雪,下一刻的融化
清澈的波涛翻滚
温暖整个夜的孤独

回家过年

村口老土路旁的水塘依旧
夕阳下垂钓的身影忽闪
记忆里的泥墙瓦房不见了踪迹
冬日里的枯树野草
掩埋了童年柴禾垛的追逐
时常响彻耳畔
是儿时小伙伴们的欢声笑语
如今各奔东西的岁月流年
走过的脚印留在心田
是时间风干了土胚
还是车轮碾压了屋脊
永远找不回的村庄被遗忘
镌刻一首童谣在脑海
唱响了曾经的你和我
在思念的故事里只剩下传说

母 亲

母亲一生最大的遗憾就是
没有上过一天学
没有念过一天书
手捧着泛黄的《圣经》
一丝不苟地坚持，念着每一个字
从童年的收音机听到现代的智能手机
从我记事的时候开始
近四十个春秋岁月被反复翻阅
母亲能够熟练记认每一个章节
从收割麦田的从容读到两鬓斑白的蹒跚
从创世纪的旧约全书开始
到新约全书的启示录收尾
文盲的母亲
读懂了世间的善良与温馨

让风儿将我的思念带给你

初伏天里的滚烫
清晨就已流淌整条街巷
思念的人儿,在遥远的远方
突如其来的慌张
打乱所有计划和期许
躁动的情绪,匆忙中失落
毫无戒备,措手不及
似乎又那么理所当然

人们正经历下一秒的无知
死亡,不再是避讳的搪塞
坦然迎接下一个天明
在这个预警的高温里
让风儿将我的思念带给你
愿所有经历意外的人们
都能幸福度过清凉一夏
满怀信心,去迎接秋的收获

矿工们乌黑的脸庞

偶有的枯叶飘零
隔窗
黄土高原的尘土在飞扬
一场秋风
寒霜收割着乌金
绵延不断的巷道
默默在扩张

我登上高高的山岗
摇旗呐喊
号角声从入井口蔓延
血脉流淌
沸腾在工作面的每一个方向
还有矿工们乌黑的脸庞

未曾停留的时光
雕刻着岩壁的沧桑
每一个眼神都那么坚毅
每一幅画像都那么俊朗

大西洋海雀

浪
翻滚着
一个接着一个
被覆盖
又被卷起

驾驭着海浪的骑士
却是只萌萌的北方的小兄弟

满嘴的小鱼
仍然一副无辜的模样

硬汉的角色
从未在外表上被识破

背 包

深沉不语的淡然
来一场说走就走的旅行
却因各种说辞
搁浅

明天一定要远航
注定,不再平静的夜晚

翻箱倒柜
去满足它的贪婪
负重前行
也许是另一种方式的寻欢

生活的酒

小雪过后的黄土高原
银装素裹下的满山凄楚
零下十度的寒
随风入骨
酿
一壶岁月的老酒
在时间的小炉上烧煮
辛辣的香醇
弥漫
漆黑的夜色长空
飘散在走过江南的云雾
洒落
乡村小路边的一排排乡思
醉了一地的欲说还休

一场突如其来的雨

乌云裹挟着黄风
抖落老妪额头的晶莹

我躲在路边的书店
听卷起的枯叶,不知归处

一场兴师动众的集聚
冲刷着一贫如洗

雨水洒落一地的苍茫
和着汗滴夹杂的泪花

人群涌动的呼唤
撕开一个口子,在天边

这突如其来的不宣而战
终将在世人面前,重见天日

感恩,生命里的每一个遇见

一棵老树
最后一片枯黄
在夕阳斜照下
迎着凉爽的秋风
翩翩起舞
这种落幕
不是生命的终结
而是孕育新生的庄严宣誓

一把刀镰
最后一块稻田
在清晨花露里
迎着扑鼻的秋香
熠熠生辉
这种光彩
不是生命的炫耀
而是收获幸福的勤劳杰作

一次邂逅
最后一笑回眸

在热泪盈眶中
迎着荡漾的秋波
恋恋不舍
这种离别
不是今生的错过
而是翘首以盼的再次相逢

感恩
生命里的每一个遇见
苍凉中有惊喜
喜悦中有辛酸
折柳中有希冀

绽　放

熄灭了最后一丝霞光
夜，安静地睡下
你却仍旧挑灯夜读
只为梦寐的象牙塔
绽放青春无悔的光芒

喧嚣彻底的沉寂
城市的霓虹灯不再斑斓
你奔走在责任的道路上
只为繁华的街巷
绽放生命不息的昂扬

岁月如潺潺溪水
不急不慢地流淌
你却坚定地一往无前
只为矢志不渝的初心
绽放永葆信念的时尚

绽放，绽放
漫天飞舞的烟花灿烂
就让流水冲洗记忆的底片
留给过往的人群时刻不忘的景仰

别离是为了更好的相聚

落叶归根,滋养
来年茁壮的成长
岁月在沙漏中悄悄行走
记忆是最好的收获
却在苍老的时候变得笨拙

失去总是让人怀念
过往,曾经的艰辛苦难
如此得流连忘返
万千经历诉说着不舍
时光机刻录着一切

所有的别离
都是为了更好的相聚

余生,在春风里起航

沙尘在风暴里迷茫
失去了来时的方向
笼罩在无法辨识
是经年已久的彷徨
没有了时光

这一季的春暖
在不知觉的睡梦中
醒来,又睡去
只有黎明的清净
打碎了夜的沉默
还有一群彻夜的欢腾

没有人去怀疑
就如同风暴一样
该来的总是要来
只是凶悍压过温柔
狂躁得铺天盖地
却也终归要离去

一朵花儿绽放

在山坡坡上的蔓延

惊醒整个冬的穴居

遍布山头的绿

映衬着过往的荒凉

还有蓝天的呼唤

在一阵绵绵细雨的洗礼中

闪闪发光

精神抖擞的播种者

顺着春风的方向

寻找到失去的时光

这是一年的开始

也是余生的起航

降　生

一切的一切的安静
是从啼哭声中响起
连行走的步伐都悄无声息
喧嚣的连廊瞬间凝固
眼前只有热闹喜庆的欢欣
慌乱得不知所以
笑颜在心头紧张的那一刻
绽放美丽
这小小的人儿哟
在我的世界里荡起涟漪
从此
妙不可言的时光
等着我，也等着你

青春无悔　奋进前行

嘀嗒的老挂钟，敲响

童年远去的尘封，回声

在记忆里的山坡、街头小巷

纯真而爽朗的笑语，荡漾

挥挥衣袖间的时光匆匆

成长，点滴的汇聚

凝结在额头眼角的鱼尾纹，见证

悲欢离合的人间冷暖

与世事无常的岁月沧桑

送走了孤帆远影

留下无限的思念和坚定的前行

青春的无悔，镌刻着

稳重步履下的深深印痕

与奋进者乘风破浪的功勋

同一个家国，同一个梦想

陕北，黄土高原的梁峁沟塬尽收眼底
新生代的红土是革命根据地炙热的见证
两万五千里长征在此落脚
揭开了抗日战争的序幕
光耀千秋的延安精神
让我们又一次想念起伟大领袖毛主席

漫山遍野的山丹丹花儿开
大红枣儿小米粥
金黄里燃烧着点点红
沟壑纵横的千里老区
养育了一代又一代的革命人
岁月虽已走远，炮火从未消散
统一战线的团结向上一往无前

如今，祖国大好河山一片红
山丹丹花儿传颂四方
百年路赋予新的使命
新征程续写新的篇章
不同民族，不同党派

同一个家国，同一个梦想

2035年的远景目标在召唤
2050年的社会主义现代化强国终实现
一展展红旗迎风飘扬，一列列火车鸣笛起航
一声声呐喊山河荡漾，一曲曲华章国富民强
56个民族齐聚一堂，八大民主党派共襄盛举
共产党人一如既往地坚定信仰
凝心聚力，共赴新辉煌

七 月

凌晨，微微凉的夏风
吹拂着星夜赶路人
辛勤劳作在微白的山脚
轻轻悄悄地开启了一天的匆忙

阳光刚刚爬过山头
千亩生态农业映入眼帘
壮实的马铃薯苗苗竞相争长
溜圆的西红柿挂满枝头
青青乳瓜顺藤儿而下
饱满的豆角随风摇摆着欢乐
硕大的西瓜涨鼓肚皮
绅士的西蓝花簇拥着花蕾
铮亮的黑豆荚笑颜里迷人
还有那好乘凉的玉米林
旁边挨着苹果、李子和梨树
苜蓿爬遍山坡坡
沙盖铺满了地
大棚里的贝贝南瓜小巧玲珑

欢笑荡漾在每一个劳动者的脸上
汗滴里晶莹剔透的光芒
照耀着整片农场
不辞劳苦的龙华人哦
怎能不让人欣赏

雨天的欺骗

绵绵春雨的淅沥
洒满街头小巷
嬉笑追逐的孩童
不经意流淌出
夹杂雨水的汗滴

似水的年华
在聚集的门前走过
不去纠结是非
且让青春暂留此刻
放飞的已不是梦想
只相信这雨天的浇灌
还能唤醒沉醉的心灵

趁年轻
多去沐浴成长的花露
纵然是欺骗
也会在容颜渐老时多一些故事

只因有爱

二月的风,抚慰着冻伤的大地
温暖,从东方日出的光芒
洒满大江南北的角角落落
熟悉的味道
在冰雪融化的瞬间,弥漫

二月的雨,浇灌着坚硬的田基
温柔,从薄雾绵绵的丝滑
流淌五湖四海的山山水水
远去的亲人
在溪流汇聚的时刻,团圆

二月的思念,寄托着回家的心愿
温馨,从四世同堂的欢笑
传承炎黄子孙的世世代代
回归的画面
在脑海重复地演练,期盼

只因有爱
日日夜夜地翘首以望
在春回大地的万物复苏中
播洒中华儿女的共同期待

收 获

犁地，播种，浇水，除虫
在冰雪融化的春暖
洒落一个冬储的寄思
风雨中，日夜兼程

锄具，安放在心田的一角
卸下年轮流转的沉重
又一个春夏的呵护
阳光里，倒映故乡的秋收

清晨，悦耳的鸟鸣
唤醒整片田野的寂静
热火朝天的收割大比武
在睡梦里愈加清晰

早已忘却时日的流浪人
收获着记忆里不灭的纯真

不敢,把余生拆散

天空,升起远方的一朵
洁净的棉花,飘散
在思念的梦里,清晰可见

能有多少个三年,可虚度
不敢,把余生拆散
在仅剩不多的路途遥远

通体沐浴的大病,柔软
五彩斑斓的棉花糖
装扮着衰老的童年,纯真无邪

没有人去怀疑苍穹浩瀚
因为明天,从不会为谁迟缓
岂敢留恋过往,忘却人世间

打拂晓出征
拾起,散落的星片
照亮前路,光辉璀璨

琥珀里的童年

阳光,洒满窗前的温暖
驱赶漫长冬夜里的严寒

颤栗的枯叶飘零
守护在根深蒂固的思念

随着冰冷的泥土封印
刻骨铭心的日夜期盼

故乡,在开窗的瞬间
扑面凄凄,惊落一滴

晶莹剔透的滚烫
包裹封印在泥土里的枯叶

历经亿万年质变的成长
琥珀,回不去的童年

且说生活

别人的世界多姿多彩
欢乐的颂唱穿透角角落落
可有谁
愿意把悲伤上演
浅浅的微笑里埋藏了多少苦楚
历经人生的崎岖险阻
有的人练就出一身的本领
在巅峰处品味翻江倒海的艰难
有的人静谧中安宁
无忧愁地过活也是一种境界
还有的人牢骚了一辈子
总是沉迷于过往的精彩
却忘记了回家的路
……
生活本无对与错
淡也是，咸也是
酸酸甜甜亦如是
走好脚下的路
何必在意他人的说说

惜 春

冬盼春，时光缓
春将尽，岁月短
我拿什么来播种
这一个春秋的期盼

梦未醒，天仍寒
绿满园，尽收眼
切莫声声道埋怨
是爱情阻挡了天涯仗剑

清明已，念不断
卷珠帘，忆悠远
拾起往昔步履蹒跚
不可辜负当下容颜

这个春天有点儿疯

呼啸不止的狂躁

揭起了陈年的死寂

一场接着一场的排山倒海

翻腾大江南北

这个春天有点儿疯

四月天仍旧严寒

怎奈生命的顽强

破土的万物孕育勃勃生机

行走在沙尘里的人们

努力播撒理想的种子

收获属于奋斗者的专利

追 求

嗖嗖的冷风夹杂着淅沥的小雨
奔波在路途的人哟
这金秋的岁月里
抓紧最后的时光去收割
劳作后的幸福欢乐

嘀嗒的钟声打破了黑暗的沉默
行走在雨里的人哟
这黎明的曙光里
赶在第一缕云烟去捕捉
丰收里的纯真时刻

明天？
明天仍旧匆忙
为了理想的拼搏
用从未停止前行的步伐
努力勾勒出人间最美的画卷

五月的雨

不是雨,什么时候成了雪
落得不紧不慢
恰是风吹得漫天飞舞

不是雷鸣,什么时候成了心的呼唤
呐喊得不强悍却很稳健
恰是做针线妇人的手

不是阴郁,什么时候成了沉默
无言不代表毫无作为
恰是埋头苦干的寡言者

不是堕落,什么时候成了期待
叶片上水晶珠的闪亮
恰是雷雨后的第一缕阳光

冬日里的暖阳,春的期盼

黎明,路灯下忽闪忽闪着光芒
飘洒在空中翩翩起舞的雪花
松松散散地消逝在
即将天亮的角角落落

零星的车辆奔驰而过
偶有的汽笛掩盖了急速前行的脚步声
接连数日的昏昏沉沉
看不到希望的雾蒙蒙笼罩

枯树上的老鸦扑腾
日复一日地觅食,抵御冬寒
绵绵阴郁,冰雪交加
没有阳光的清晨,仍有春的期盼

风渐去,雪凝聚
抖擞羽翅的老鸦鸣奏出心灵呼唤
奔波的人们歇脚屏息
只因那一缕冬日里的暖阳弥漫

岁月如歌,唱响每一个天明

编织的网,打捕
过滤后的收获
是喜悦,难免也有
空空如也的徒劳

播撒的种子,深藏
萌芽后的成长
是新生,时常还有
彻底沉睡的绝望

过往,终将过往
沉沦,随风逝去
汨罗江畔凄美的歌唱
沧海桑田的变幻,山河无恙

岁月静好,不再回放
路在脚下,拾阶而上
踏着岁月的音符
奔走在每一个天明的时尚

夜雨寄思

一场夜半雨,
惊醒梦中人。
拾帘相眺望,
过往皆凡尘。
奋笔疾书意,
却引泪双行。
谁解此中情?
无眠待天明。

遇 见

一个回眸带来一世情缘
遇见在春暖花开的季节
注定这个秋天收获满满
为严寒储存足够的温暖
共同憧憬又一春的明天

一段回忆寄语一往情深
遇见在万紫千红的人海
茫茫人群中独为你而来
约定远行的烂漫漫旅程
一起收拾过往的旧云烟

一片思念邮递一生无怨
遇见在无所畏惧的岁月
被期待的未来虽未到来
在行走的路上幸福无边
今生何须期盼来世缱绻

陕北的春

当你睁不开眼，低头用柔弱的发丝来抵挡沙尘的时候
春天来了
是呀，陕北的春，总是那么与众不同
相信在你的印象中
春天的来临是伴随着和煦的春风和贵如油的春雨
小学的课本就这么写的
你如是说

黄土高原有它独特的魅力
用它独到的方式迎接着春天
黄风吹绿了山脊
小草破土而出
沙尘打败了残枝
绿芽迎风抽丝条
娇嫩的生命在风沙中诠释着坚强

陕北的春，充满着活力
是为新生命而展开的战争
陕北的人，在这一年又一年的春风沐浴中
锻造出红光的面颊

粗糙的外表掩饰不住内心的火热
坚强的意志与顽强的生命力
总是在陕北的春天里演绎到极致
这，就是陕北的春

幸福时刻

清晨,迎着朝霞
薄雾弥漫,在乡间小道
孩童时浇灌的苗木已苍天
你问我
撒下的种子何时才能结果

看露珠晶莹剔透
饱含着活力四射
结果只是一种寄托
弥漫着泥土的芬芳
此刻,更应是珍惜的时刻

过去了的过去
是种子萌发的积蓄
未到来的未来
是数不清的繁星浩瀚
当下,却是属于我们的时代

不停地灌溉,不停地劳作
不停地呵护,不停地诉说

待到春暖花儿开，迎着秋风稻穗香
让我们一起去收割
属于当下的每一个幸福时刻

以梦为马

我不知道夜有多漫长
就如同窟野河的水
静静地流淌
二郎山上的第一缕阳光
照进了梦的胸膛
一片枯叶的辗转
漂浮，成了蚂蚁们的希望
偶尔溅起的水晶球
装满了全世界
还有梦一场

我已记不清梦里的故事
就如同天台山一样
矗立在黄河的岸边
一丝不动地成长
还有西津寺的石狮子
守候着两千多年的眼泪
幻化成奔腾的骏马
驰骋在马镇的石山上
西豆峪欢快的雨夜
一群年轻人以梦为马的吟诗颂唱

风追逐的岁月

这个年龄的故事
是风追逐的岁月
飘摇不定的蒲公英
寻找落脚的地方
随风而去
留下邂逅的记忆
落地生根发芽的种子
在迷茫的路途中
充满无知
未来
数不尽的风雨同舟
在这个年龄
感受着风追逐的岁月

梦的爱恋

月儿弯弯心儿甜,远方人儿思念俺。
一颗星星两相望,我约伊呀梦里见。
黛眉身美颜如仙,最是沉迷伊的眼。
挥挥手伊向我招,身飘心飞忘何言?
痛失梦醒意未完,残阳斜射惹心烦。
秀美发梢裙罗带,邂逅我一生思念。
常将睡眼把伊看,伊的纵情我垂涎。
妩媚阳光真娇艳,我对伊终生期盼。

请给我一缕风

请给我一缕风
一缕柔软的清风
把我吹向天空
就像云朵一样
装扮仙女的衣裳

请给我一滴雨
一滴如丝的细雨
把我流向荷塘
就像莲花一样
绽放羞红的脸庞

请给我谱一支曲
一支有风有雨的曲
把我陶醉在睡梦
就像婴儿一样
酣然温馨的小床

请给我你的一切
就像我能给你的一样
让时光在风雨中前行
让岁月在思念中成长

攀登者

行走在山路上
无数不知名的花草
朝着我微笑
风从侧山坡掠过
带着悬崖上的松枝
散发着阵阵的松香

愈发陡峭的脚下
如同四处的阳光散射
让人捉摸不定的方向
双手不自觉地攀爬
探险家如此
我亦如此

谁能知道下一秒的风向
时钟一刻不停
我岂能放慢步伐
在攀登的时光
体味着瞬息万变
还有毅然前行的坚强

回头看看走过的路
每一步都是成长
昂首凝视前方
每一座山峰
都是我征服的对象
哪怕被埋葬

我的子孙,子子孙孙
一如既往地攀登
顺着我离去的方向
那是我,也是我们
祖祖辈辈不愿放弃的
坚定信仰

秋意寄念

多雾的黎明
秋意浓浓
阵阵秋风吹过
枯黄落满地
静谧的原野
偶有的几只寒蝉凄切
幽静而深远
丝丝清凉上心头

独自漫步空巷
风吹散
雾中的朝阳渐露
池塘边
垂钓者的静默
消失在水天一色的眼前
寻觅幸福时光的清晨
迷茫了自我

收割的汽笛响起
劳作的人们

又是一天的忙碌
且用这种方式去冲淡
对岁月的留恋
更是对你的思念
这个季节
疲劳是最好的解乏剂

收起沉重的步履
独卧床榻
过往的幕幕再现
只是这秋风里的寄语
多了几分缠绵
等待这个秋收后
收拾旧行囊
何时才能再相见

夏日里的阳光,热情如火的你

熬过的严寒刺骨
吹散了黄沙漫天
如火的夏日,如火的你
如期而至的等候
是岁月流淌的涓涓溪水
冲刷记忆里的昏黄
时光清新的印痕

吹散的漫天黄沙
冻结在刺骨严寒
终有夏日里的阳光
我在这里等你
守望千年
也要迎娶
热情如火的你

后记：感恩，生命里的每一个遇见

给我一壶酒，我可以灌醉整个大唐。这是李白的豪爽！

给我一个支点，我就能撬起地球。这是阿基米德的科学！

诗歌，有年少的轻狂，有年老的彷徨，有少年的懵懂，有老年的惆怅！

人生短短几十年，何必太在意过往！

余路漫又长，一起徜徉，何尝不是另一种景象？

应该是2000年的时候，我开始了胡诌。那个时候的高考，作文写诗歌是一种时尚，也是一种疯狂！要么高高在上，要么跌入谷底，从此不再见阳光！

大学的生活充满记忆。海南，应该是一座叫作诗歌的城市，被拆掉的海南大学三号教学楼记录了我多少个日夜观光，与苦思冥想！沉思间，诗歌成了我生活的一部分，伴随着我度过了四年的曼妙青春！

工作后，渐行渐远的除了消瘦的体形，还有文艺青年的头衔。打拼的人生，多了些世俗，少了些温柔，慢慢抛弃了自己的那个人原来还是我。总有一个心愿埋藏在心底，多少年也未曾放弃，那是一直以来的念头。如今，重拾笔墨，开启了新的续写，没有高贵典雅与金碧辉煌，只是记录了生活的琐屑与碎片。闲暇时候可以品味往事，有欢乐，有苦涩，有刻骨铭心,有悲欢离合!两百余首诗歌的汇聚,装满了我的半个人生!

"沉寂的夜,黑暗淹没了每一个角落,哪怕一丝光明
思绪,在没有任何的束缚下,无声地弥漫
奋斗的青春,不愿放弃,也许是一丁点儿的希望
全世界都安静下来了,都在安静地聆听
激动的心,无法平静的波涛汹涌,壮志豪情"

诗集中作品题材的选取,大都是对陕北文化和煤矿生活的认真描摹和真实写照,对地域之美的细致刻画和真诚书写,也有在文字的返乡中完成对故土的缅怀。这些作品,追求诗歌和生活的完美融合,在现实生活和诗写的虚实交错之间,探寻艺术的平衡;努力在煤矿环境与陕北风情中,挖掘一处诗意的切入口,让灵魂得以放飞;努力在语言的提炼中,呈现淳朴、厚实的陕北文化,从而展示出"诗即生活,生活即诗"的创作初心。

"深邃的巷道传颂着沉默的机械叫嚣
风井的出口,打碎了平静的夜空寒霜
一代代传承的接力,一个个生产的奇迹
一列列飞驰的火车,一盏盏灯火的辉煌
谱奏着宏伟而壮丽的交响乐章"

生活不能少了诗,还有远方!《奔跑的诗哥》是我创作的一个阶段性总结,也是一个新的开始。在人生的马拉松赛道上,我将一如既往地坚持写下去,不追求配速,只要求长久。

最后,我要感谢我的爱人,作为我最忠实的读者和听众,时刻都在给我最大的支持;感谢陕西人民出版社石继宏老师,是您一直以来的鼓励,让我有了结集出书的信心;感谢陕煤集团作协、陕北矿业公司和陕煤集团孙家岔龙华矿业公司,给了我最多的帮助,还有创作灵感和最深的人生体悟;感谢云思博雅的老师们,是你们前前后后地排版、校对,让拙作完美呈现在大家面前;感谢所有支持和帮助我写作的人们,你们的支持一次次激励着我,砥砺前行!

"感恩,
生命里的每一个遇见。
苍凉中有惊喜,
喜悦中有辛酸,
折柳中有希翼。"

2023 年 11 月 1 日写于陕煤龙华矿业公司